AF219690

Annette G. Krupka

Klassentreffen

13 Fall um Katherina "Kate" Schulz

Impressum

© 2022 Annette Gisela Krupka
Herstellung und Verlag: BoD – Books on Demand,
Norderstedt
ISBN 9783755773115

Das Buch

Kate Schulz ist gerade mit ihrem Büro Schulz Security in die neuen Räume umgezogen, als ihre ehemalige Schulkameradin Michaela „Michi" Heimat, Besitzerin des gleichnamigen Pflegedienstes, sie zu einem Klassentreffen einlädt.

Kate ist nicht gerade begeistert, hat sie doch die Klasse mit 15 Jahren, als sie mit ihren Eltern in die Staaten ging, verlassen. Da wird sie von Helga Zimmermann wegen einer Vermisstenanzeige kontaktiert. Petra Zimmermann, Kates ehemalige Mitschülerin, ist vor fast dreißig Jahren verschwunden und ihre inzwischen kranke Mutter hofft endlich auf eine Aufklärung. Also beschließt Kate, doch das Klassentreffen zu besuchen.

Aber der Abend, der so heiter begann, lässt nicht nur alte Konflikte aufleben, sondern eskaliert in einer Gewaltspirale, an deren Ende sogar zwei Tote stehen. Und Kate erfährt schmerzhaft, dass nichts so ist wie es scheint.

Kapitel 1

Er sah in den Spiegel und strich sein Haar, das wieder einmal ziemlich widerborstig in die Stirn hing, zurück und atmete tief ein. Er sah blass aus, abgespannt, kein Wunder bei der Belastung der letzten Wochen. Es war nicht nur der berufliche Stress gewesen, den konnte er recht gut schultern. Schließlich war es sein Weg, der Weg zum Erfolg. Dafür hatte er gearbeitet, die ganzen letzten zwanzig Jahre hatte er nur darauf hingearbeitet. Und jetzt?

Sein Atem ging unwillkürlich schneller. Jetzt sollte alles umsonst gewesen sein? Wegen eines dummen Jugendstreiches? Naja, alles in allem war es mehr. Aus einem wirklich dummen Streich drohte schon damals ein Desaster zu werden.

Aber er war der Einzige gewesen, der die Nerven behalten hatte. Die anderen Weicheier hatten nur herumgejammert, Angst gehabt, sie könnten von der Penne fliegen. Aber er, er hatte wie immer einen kühlen Kopf bewahrt, auch wenn ihm das niemand zugetraut hatte. Geduldet hatten sie ihn meist nur, oft hinter seinem Rücken gelästert. Idioten.

Aber das sollte sich ändern. Er war es gewesen, der das Problem gelöst hatte. Erst einmal ganz banal, indem er geschickt die Fäden gezogen hatte, um den Verdacht von sich und auch den anderen jammernden Idioten abzulenken.

Als es nach einer Weile mit seiner Lösung ein

Problem gab, hatte er es auch allein und dieses Mal endgültig behoben. Nicht wegen der anderen, nein, eigentlich waren die ihm schon immer gleichgültig gewesen. Er brauchte sie nicht, nein, es ging um ihn, um seine Zukunft. Also löste er das Problem. Punkt. Er hatte eigentlich gar nicht mehr daran gedacht in den vergangenen Jahren, bis die Einladung zu dem Klassentreffen auf seinen Tisch flatterte.

Fast hätte er sie schon unbeantwortet in den Papierkorb geworfen, als ihn eine E-Mail erreichte, von jemand, an den er ebenfalls seit vielen Jahren nicht mehr gedacht hatte. Und dieser Jemand schien zu wissen oder zumindest zu ahnen, wie er das Problem von damals gelöst hatte. Damit war er selbst zum Problem geworden. Gerade jetzt, als alles so gut für ihn stand, wo seine Ziele so greifbar waren.

Nein, er würde es sich nicht nehmen lassen. Nicht, nach dem, was er alles für diese Ziele geopfert hatte. Er glättete nochmals sein Haar, wusch sich das Gesicht eiskalt, sodass es etwas Farbe bekam und richtete den Schlips.

Dann nahm er die, auf Büttenpapier gedruckte Einladung in die Hand und steckte sie sorgsam in die linke Anzugtasche. Schließlich ging er zu seinem Safe, gab die Kombination ein und ergriff den Gegenstand, der darin lag.

Mit einem Lächeln ließ er die Pistole in die rechte Anzugtasche gleiten. Niemand würde ihn aufhalten, niemand.

Kapitel 2

Es war der erste wirklich warme Frühlingsmorgen. Kate saß auf der Terrasse und hielt ihren Kaffeetopf mit beiden Händen fest umklammert.

Es war schon ihr dritter oder gar vierter Kaffee. Sie zuckte still für sich die Schultern. Heute Morgen war sie bereits früh wach gewesen und hatte den milden Morgen für eine ausgedehntere Joggingrunde als sonst genutzt. Dann hatte sie, wie immer, frische Brötchen mitgebracht und zusammen mit Mike gefrühstückt, der heute für ein Wochenseminar nach Hamburg aufgebrochen war. Nachdem er seine Tasche ins Auto gepackt und davongefahren war, hatte sie sich noch einmal am Kaffeeautomat bedient und saß jetzt, die Beine auf die Steinbrüstung gelegt, bequem in ihrem Sessel und lauschte den Vögeln, die sich heute an Sangesdarbietungen zu übertreffen schienen.

Auf dem Platz neben ihr hatte sich Mascha eingerollt und nur das Zucken ihrer Ohren zeigte an, dass sie sehr wohl das Vogelkonzert wahrnahm und scheinbar großzügig duldete.

Kate würde heute erst auf Mittag in ihr Büro gehen, da sie in der vergangenen Woche jeden Tag sehr lange gearbeitet hatte und, das war auch einmal das Privileg der Selbstständigkeit, konnte sie sich diesen Vormittag beruhigt freinehmen, zumal sie wusste, dass ihr Stellvertreter Chris auch ohne sie alles sehr gut managen würde.

Nachher würde sie erst einmal rüber zu Jasmin und ihren beiden Patenkindern gehen. Obwohl diese sehr von Omars Familie unterstützt wurde, war ihre ehemalige stellvertretende Geschäftsführerin dankbar, wenn Kate als Patentante mal nach den beiden Rackern schaute, vor allen Dingen, um zwischen Stillen und Windeln wechseln eine andere Form der Unterhaltung zu haben.

Jetzt sah Kate, dass ein Wagen des Pflegedienstes „Heimat" am Nachbartor hielt.

Frau Königs Rheuma war wieder einmal besonders schlimm und obwohl ihr Lebensgefährte, Ernst Winter, sich wirklich rührend um sie kümmerte, bestand sie selbst darauf, für die Pflege in der akuten Phase einen Pflegedienst hinzuzuziehen. Kate sah auf ihre Uhr. Halb zehn. Eine ungewöhnliche Zeit.

Jetzt sah sie mit einer eleganten Bewegung eine Frau aussteigen, die sie nur zu gut kannte. Michaela „Michi" Heimat, Kates Schulfreundin und jetzige Besitzerin von einem der größten Pflegedienste Plauens.

Sie klingelte nicht bei Frau König, sondern steuerte direkt auf ihre Tür zu. Kate sprang auf, was von einem unwilligen Fauchen von Mascha kommentiert wurde und beugte sich über die Steinbalustrade.

„Michi? Komm durch das Gartentor. Ich bin auf der Terrasse", rief sie und die Gerufene kam mit klappernden Absätzen um die Ecke.

Als sie die Terrasse betrat, erhob sich Mascha, machte einen Buckel, fauchte die Chefin des Pflegedienstes an und trabte mit erhobenen Schwanz an dieser vorbei. „Hui", sagte Michi nur.

Kate lächelte. „Sie geht jetzt rüber zu den Nachbarn und lässt sich dort weiter verwöhnen", sagte sie, während Michi sie umarmte. Dann schüttelte Kate das dicke Polsterkissen aus, um es von eventuellen Katzenhaaren zu befreien und deutete auf den freien Platz. „Willst du einen Kaffee?", fragte sie und zeigte dabei auf ihren eigenen Topf.

Michi Heimat schüttelte den wohlfrisierten Kopf.

„Nein, ich will eigentlich zu Frau König. Uns ist ein Missgeschick mit der Abrechnung passiert und da will ich mich persönlich entschuldigen und ihr ein kleines Präsent mitbringen." Während sie redete, wühlte sie in ihrer Tasche und reichte Kate einen bordeauxfarbene Briefumschlag.

„Die wollte ich dir persönlich bringen", sagte sie.

Kate zog eine, auf elegantes Büttenpapier gedruckte Einladungskarte heraus. Sie runzelte etwas die Stirn.

„Klassentreffen?", fragte sie verwundert und Michi nickte. „Na immerhin warst du ja bis zur neunten Klasse mit bei uns", sagte sie.

Kate nickte zögerlich. „Aber ich kenne doch fast niemand mehr. Außer dich natürlich."

„Und an Quappe kannst du dich doch auch erinnern, oder?"

Kate lächelte etwas. „Ja, Dieter Fröschel. Ihr habt ihn immer Quappe genannt, ich nicht."

Michi grinste breit. „Ja und das hat ihn mächtig aufgeregt. Aber ein bisschen besonders war der schon", fügte sie hinzu. Dann nickte sie in Richtung der

Einladung. „Aber du kommst doch, oder?"

Kate zuckte die Schultern. „Naja, vielleicht." Sie sah auf das Datum. „Hmm, noch vierzehn Tage."

Michi zog die Augenbrauen nach oben. „Meine Liebe, ich habe schon alles bestellt und fest mit dir gerechnet. Also komm."

Kate sah noch einmal auf die Karte in ihrer Hand. „Oh, im Café Müller?"

Michi nickte. „Ja, ich habe für diesen Abend das gesamte Café gemietet. Wir sind also ganz unter uns und die meisten aus unserer Klasse haben schon zugesagt, also?" Sie sah Kate auffordernd an, die schließlich leise aufseufzte.

„Also gut. Ich denke, ich komme, zumindest für ein oder zwei Stunden."

„Na also", sagte Michi und umarmte sie. „Ich muss dann los. Wir hören uns?"

Sie deutete auf ihr Smartphone in der Hand und rannte sehr geschickt auf ihren hohen Absätzen die Steintreppen hinunter in den Garten. Kate sah noch, wie sie aus dem Auto einen Strauß Blumen nahm und bei Frau König klingelte.

„Na, wie ist der Kurs?", fragte Kate und sah auf den Bildschirm. Mike fuhr sich auf der anderen Seite mit der Hand über das Kinn. „Interessant, aber das Zuhören strengt mächtig an. Heute ging es um Tatortanalyse, sehr theoretisch."

Er drehte etwas die Augen nach oben und unterdrückte ein Gähnen.

Kate grinste und sah demonstrativ auf ihre Smartwatch. „Noch nicht mal sieben Uhr und du machst schon schlapp? Da wird wohl nichts mit dem berühmten Hamburger Nachtleben?"

Mike lächelte ebenfalls. „Ich hatte dir gesagt, komm die Woche mit hoch. Neben mir ist ein Bett frei. Du hättest dir tagsüber Hamburg ansehen können und abends wären wir auf die Piste gegangen."

Kate schüttelte den Kopf und trank einen Schluck Mineralwasser. „Nein, nein. Und dann als Spaßbremse auftreten, wenn ihr Kerle über die Reeperbahn bummelt?"

Mike winkte ab. „Von verwegen, wir haben einen Frauenanteil von mindestens 35 %. Außerdem bin ich überzeugt, dass einige der Teilnehmer sich gern mit einer ehemaligen FBI-Agentin ausgetauscht hätten."

Kate stellte die Flasche neben ihren Laptop.

„Alles gut. Erhol dich die Woche von mir. Ich war heute bei Jasmin und habe unsere beiden Patenkinder etwas gesittet. Ach, und dann war Michi Heimat da. Ich soll unbedingt zu einem Klassentreffen mitkommen."

Mike ging etwas näher an den Bildschirm heran.

„Sehe ich da eine Falte?", fragte er und Kate lachte.

„Kann schon sein. Ich bin wirklich nicht gerade begeistert. Ich war 15, als ich die alle zum letzten Mal gesehen habe. Die Hälfte oder mehr kenne ich gar nicht mehr."

Mike wog seinen Kopf hin und her. „Das haben Klassentreffen im Allgemeinen so an sich. Ich war vor ein paar Jahren, da war ich mir gar nicht sicher, ob ich jemals in dieser Klasse gewesen war."

Jetzt lachte Kate laut auf. „Na das macht Mut."

„Dann geh doch nicht hin", schlug Mike vor und sie schüttelte zögerlich den Kopf.

„Ach nein, Michi hat sich so viel Mühe mit der ganzen Organisation gegeben. Ich schau mal für eine Stunde vorbei."

Mike sah sie eindringlich an. „Kate, wenn du keine Lust hast, dann lass es. Michi hin oder her."

Zögerlich nickte Kate.

Plötzlich ertönte die Klingel. Kate sah auf ihr IPhone. „Oh, das ist Herr Winter. Wie ich sehe, trägt er einen Topf in der Hand. Er hat wohl Angst, dass ich in deiner Abwesenheit völlig vor die Hunde gehe."

Sie lachten beide und Mike warf ihr einen Kuss zu. „Dann lass es dir schmecken."

Kate erwiderte die Kusshand. „Und dir viel Spaß auf der Reeperbahn und morgen verkatert beim Kurs."

Er schüttelte gespielt entrüstet den Kopf. „Also ich doch nicht. Tschüss bis morgen Abend."

Die Verbindung brach ab und Kate ging zur Tür.

Kapitel 3

„Na, wie gefällt Mike der Kurs?", fragte Chris, als Kate am nächsten Morgen ihr Büro betrat. Kate stoppte und sah ihn an. „Ziemlich viel Theorie und abends scheint auch nicht gerade der Bär zu steppen."

Chris zog die Augenbrauen nach oben, während er seinen Computer im Blick behielt. „Und das in Hamburg?"

Kate zuckte die Schultern. „Sie sitzen wohl abends mehr in der Hotelbar und tauschen Erfahrungen aus." Dann sah sie sich um. „Wo steckt eigentlich Maria?"

Maria Sobowitsch war seit einem Vierteljahr Bestandteil von Kates Team, nachdem Bogdan Serwowitsch, Plauens Bordellkönig, Kate um den Gefallen gebeten hatte, die Tochter seines Freundes, eines Geschäftsmannes, der in Serbien in Schwierigkeiten geraten war, anzustellen. Bisher hatte Kate diese Entscheidung keine Minute bereut, denn die junge Frau war nicht nur intelligent und polyglott, sie passte wunderbar in das sich ständig vergrößernde Team.

„Hast du es vergessen? Sie hat diese Woche Urlaub, du hast ihn selbst genehmigt. Abby kommt nachher und übernimmt. Sie hat schon Osterferien"

Kate nickte. „Klar. Das habe ich wirklich total vergessen. Liegt etwas Dringendes an?"

Chris sah wieder auf seinen PC. „Also, nachher kommt eine Frau Zimmermann. Sie scheint dich zu kennen und wollte unbedingt mit dir und nur mit dir sprechen."

Kate dachte angestrengt nach. Der Name sagte ihr nichts. „Zimmermann? Und hat sie gesagt, um was es sich handelt?"

Chris schüttelte den Kopf. „Nein. Von der Stimme her klang sie schon älter."

Kate zuckte leicht die Schultern und ging in Richtung ihres Büros. Sie legte ihre Jacke ab und fuhr den Computer hoch, als Chris in der Tür erschien und einen Cappuccino neben Kate stellte. Sie lächelte ihn an. „Du bist und bleibst der perfekte Gentlemen", sagte sie und Chris verneigte sich tief. „Immer wieder gern, Ma`am", sagte er mit tragender Stimme, als das leise Pling des Fahrstuhls zu hören war.

Es war einer der Vorteile der neuen Geschäftsräume von Schulz Security, die einmal Arztpraxis eines Chirurgen gewesen waren, dass der Fahrstuhl direkt vor der Eingangstür hielt. Dann öffnete sich die Tür und eine gebeugte, alte Dame schob einen Rollator herein. Chris sprang ihr eilends zu Hilfe und hielt die Tür ganz auf. Sie nickte ihm dankbar zu.

„Frau Zimmermann?", fragte er.

Als die grauhaarige, adrett frisierte Dame dies bestätigte, deutete er in Richtung Kates Büro. „Frau Schulz erwartet sie bereits. Darf ich ihnen einen Kaffee anbieten, einen Tee oder ein Mineralwasser?"

„Ein Mineralwasser, danke", sagte die Frau und ging auf Kates Büro zu, die sich bereits hinter dem Schreibtisch erhoben hatte und auf den kleinen Tisch

15

deutete. „Guten Tag, Frau Zimmermann. Bitte, nehmen sie doch Platz."

Chris stellte das Glas vor die alte Dame auf den Tisch und schloss im Hinausgehen die Tür. Während Kate sich, mit ihrer Cappuccinotasse in der Hand, der Frau gegenübersetzte, bemerkte sie deren intensiven Blick, der auf sie gerichtet war.

„Du kennst mich nicht mehr, Katherina, nicht wahr?", stellte diese fest und etwas Enttäuschung klang in der Stimme.

Kate sah sie an und überlegte fieberhaft. Zimmermann? Dann sah sie in die erstaunlich wachen, grünen Augen und eine Erinnerung flammte bei ihr auf.

„Sie sind die Mutti von Petra", sagte sie und versuchte, sehr viel Überzeugung in ihre Stimme zu legen. Lag sie richtig? Ihr Gegenüber nickte erstaunt.

„Dann erinnerst du dich doch?"

Kate war erleichtert. „Natürlich", sagte sie, nicht ganz ehrlich. Es waren lediglich diese intensiv grünen Augen gewesen, die ihre Tochter ebenfalls geerbt hatte, an der sie Frau Zimmermann erkannte. Alles andere, nun ja.

„Wie geht es Petra?", versuchte sie ihr Erstaunen über den Zustand ihres Gegenübers zu verbergen, indem sie sich nach der Klassenkameradin erkundigte. Frau Zimmermann war nur noch ein Hauch dessen, was sie einmal gewesen war.

Die alte Dame nahm das Mineralwasserglas in die Hand, die merklich zitterte und trank einen Schluck.

„Petra ist verschwunden, Katherina. Deswegen bin

ich hier."

Kate rückte automatisch in ihrem Sessel etwas nach vorn. „Wie lange schon?", fragte sie und klirrend stellte Frau Zimmermann das Glas ab.

„Seit fast dreißig Jahren."

Kate glaubte sich verhört zu haben, aber Helga Zimmermann nickte. „Ja, Katherina, du hast richtig gehört. Sie war damals kurz vor dem Abitur. Petra war keine schlechte Schülerin, aber so gut wie du war sie nie."

Kate winkte ab. „Mir ist es immer deutlich leichter gefallen als ihr", sagte sie bestimmt und hoffte, dass sie damit richtig lag. Verflixt, sie konnte sich zwar jetzt wieder an Petra Zimmermann erinnern, aber nicht daran, wie deren schulischen Leistungen gewesen waren.

„Sie gab sich aber Mühe", fuhr jetzt Frau Zimmermann fort. „Damals hatte man gerade meine Krankheit diagnostiziert." Sie bewegte ihren Kopf in Richtung Rollator. „Multiples Sklerose. Ich hatte den ersten schweren Schub und Petra kümmerte sich um mich, um den Haushalt, um alles. Es war nicht leicht für sie. Dann wurden plötzlich Drogen an der Schule gefunden und sie hat zugegeben, damit zu tun zu haben. Es gab einen Skandal und wenn ich nicht in dieser Lage gewesen wäre und alle gewusst hätten, was Petra zu leisten hatte, auch mit meiner Pflege, sie wäre wohl sofort von der Schule geworfen worden. Ich hatte Glück, dass der neue Stadtschulrat ein alter Freund von Petras verstorbenen Vater war. Es gelang

17

ihm, die Sache unter der Decke zu halten, wie man wohl so sagt. Jedenfalls kam Petra mit einem strengen Verweis und einer Anzeige davon, die irgendwann eingestellt wurde. Und dann verschwand sie, kurz vor den Abiprüfungen, von einem Tag auf den anderen."

Frau Zimmermann nahm wieder einen Schluck von dem Mineralwasser.

„Mir ging es gerade ein klein bisschen besser und ich sollte zur Kur. Petra hatte kurz vorher ihre Fahrerlaubnis gemacht und fuhr mein Auto, einen Trabant. Sie hatte mir noch versprochen, mich nach Bad Brambach zu fahren. Am Tag vor meinem Kurantritt kam sie abends nicht nach Hause. Ich habe es erst am nächsten Morgen bemerkt, da ich abends starke Schlafmittel einnahm, um überhaupt schlafen zu können und nicht hörte, wenn Petra nach Hause kam. Früh, so gegen 8.00 Uhr, habe ich dann gesehen, dass ihr Bett ungenutzt und ihr Rucksack weg war."

Kate lehnte sich etwas nach vorn. „Haben sie eine Vermisstenanzeige aufgegeben?"

Die alte Dame nickte. „Ja, natürlich. Aber es war ja damals eine verrückte Zeit. Alles war in Umstrukturierung, auch bei der Polizei. Jedenfalls hat man die Sache wohl nicht so ernst genommen. Petra war volljährig, sie hatte ihre persönlichen Sachen mitgenommen und diese Drogengeschichte kochte wieder hoch. Der damalige bearbeitende Polizist sagte mir ziemlich unverblümt, dass es tausender solcher Fälle gab."

18

Frau Zimmermann senkte den Kopf und wischte sich eine Träne aus dem Augenwinkel.

Kate stieß lautlos die Luft aus. Sie konnte sich denken, was die Polizei gedacht hatte. Drogen, Beschaffungskriminalität, vielleicht Drogenstrich. Petra Zimmermann war irgendwo in der Anonymität einer Großstadt untergetaucht.

„Was war mit dem Auto?", fragte Kate.

„Es stand auf dem Parkplatz vor dem Haus. Das war doch seltsam. Warum hatte sie das Auto nicht mitgenommen?"

„Weil sie nicht gefunden werden wollte", dachte Kate, sagte es aber nicht.

Frau Zimmermann schien ihre Gedanken zu erraten. „Wissen sie Katherina, ich hatte viele Jahre Zeit, mir alles wieder und wieder zu überlegen. Vielleicht hat Petra wirklich Drogen genommen, vielleicht wollte sie wirklich weg aus diesem Leben hier. Aber eines hätte sie nie gemacht, niemals. Mich all die Jahre in Ungewissheit zu lassen. Nein."

Kate nickte langsam. Sie erinnerte sich wieder, dass Petra Zimmermanns Vater gestorben war, als sie in der vierten oder fünften Klasse gewesen waren. Daraufhin hatte sie ein noch engeres Verhältnis zu ihrer Mutter, der sie auffällig ähnelte, gehabt. Gut, Drogen konnten einen Menschen verändern, sehr sogar. Aber hatte Frau Zimmermann recht und Petra hätte sie nie im Ungewissen gelassen? Vielleicht hatte sie sich aus Scham nie gemeldet und war inzwischen längst tot, gestorben an einer Drogenüberdosis.

19

„Katherina?" Kate sah auf.

Frau Zimmermann sah sie wieder intensiv an. „Bitte. Suchen sie nach Petra. Das ist doch jetzt ihr Beruf. Ich habe gehört, dass sie beim FBI in Amerika waren. Da kennen sie doch sicher solche Fälle?"

Noch ehe Kate antworten konnte, öffnete Frau Zimmermann ihre Umhängetasche, die sie die ganze Zeit fest umklammert hielt. Sie entnahm ihr ein Bündel Geldscheine. „Ich habe etwas gespart und…"

Kate streckte die Hand aus und berührte damit die von Frau Zimmermann. Sanft veranlasste sie diese, das Geld zurück in Richtung Tasche zu schieben.

„Ich werde mir erst einmal die alte Akte anschauen. Dann sehen wir weiter."

Sie wollte der alten Dame keine zu große Hoffnung machen, sie aber auch nicht einfach abwimmeln.

„Wie sind sie denn auf mich gekommen?", fragte sie, um die peinliche Situation etwas aufzulockern und Frau Zimmermann die Chance zu geben, das Geld zurück in die Tasche zu legen, was diese jetzt auch tat.

„Durch die Michaela Herbst. Jetzt heißt sie ja Heimat und hat den Pflegedienst, der auch mich betreut. Sie war vor einiger Zeit bei mir und hat mir erzählt, dass sie auch wieder in Deutschland sind und diese Detektei gegründet haben. Naja, und da habe ich mich jetzt einmal aufgemacht. Bevor ich sterbe, möchte ich noch wissen, was mit meiner Petra passiert ist."

Kate musste unwillkürlich schlucken. Schließlich erhob sie sich.

„Ich werde mich bei ihnen melden, Frau Zimmermann, das verspreche ich ihnen. Ganz gleich, was ich herausgefunden habe."

Mühsam stand die alte Dame auf und griff nach ihrem Rollator.

„Ich lasse sie von einem Mitarbeiter nach Hause fahren. Mit dem vielen Geld in der Tasche sollten sie nicht in der Stadt herumlaufen", sagte Kate und öffnete die Tür. „Chris, ist einer von den Jungs gerade frei und könnte Frau Zimmermann nach Hause fahren?"

Dieser trat aus seinem Büro. „Das mache ich gleich selbst. Abby ist in fünf Minuten hier und ehe ich jetzt herumtelefoniere, begleite ich Frau Zimmermann doch gern."

In seiner charmanten Art hielt er ihr die Tür auf und plauderte bereits angeregt mit ihr, noch bevor sie den Fahrstuhl betraten. Kate sah ihnen nach und seufzte leicht. Das war wieder einer dieser Fälle, dessen Ausgang sie schon jetzt kannte. Aber hier tat es ihr besonders leid.

Kommissarin Marianne Jäger saß in ihrem Büro, als Kate eintrat. Lächelnd erhob sie sich. „Ich habe die Akte von Petra Zimmermann angefordert. Sie ist noch nicht einmal digitalisiert."

Kate nickte und nahm Platz. „Daran sieht man wohl, dass niemand es als einen Cold Case gesehen hat", murmelte sie und lehnte sich zurück.

„Wie gefällt Mike der Kurs?", fragte Marianne und Kate winkte ab. „Ich glaube, er ist froh, wenn er übermorgen wieder nach Hause kann. Wie er mir bisher erzählt hat, gab es nicht so viel spektakulär Neues."

Marianne lächelte. „Tja, wir leben hier schließlich auch nicht mehr am Ende der Welt, zumal wir ja jetzt eine ehemalige FBI Agentin als externe Beraterin haben." Sie stellte Kate eine Tasse Kaffee hin und setzte sich wieder an ihren Schreibtisch.

Kate hob beide Hände und lächelte. „Das nun nicht. Aber ich denke mal, ihr habt hier in Plauen in den letzten Jahren schon so viele und wirklich skurrile Fälle zu lösen gehabt und auch gelöst, da könnt ihr locker mit mancher Großstadt mithalten."

Noch ehe Marianne antworten konnte, klopfte es und Frieder Lein trat ein. Er sah zu Marianne, dann reichte er Kate die Hand. In der anderen hielt er eine dünne und leicht vergilbte Mappe.

„Die Akte Zimmermann", sagte er und wollte sie Marianne reichen, die ihm mit einem Nicken deutete, diese an Kate zu übergeben. Der Kommissaranwärter zog etwas die Stirn kraus, kam dem aber umgehend nach.

22

„Danke", sagte Kate, die sein Zögern sehr wohl bemerkt hatte und schenkte ihm ein strahlendes Lächeln. Nachdem er den Raum verlassen hatte, öffnete Kate die Akte.

Als erstes sah sie auf ein Foto. Ein junges Mädchen, dass mit einem kleinen Lächeln im Gesicht an einem Trabant lehnte. Das war mit Sicherheit das Auto, von dem Frau Zimmermann gesprochen hatte, ein hellblauer Trabant Kombi.

Petra Zimmermann trug auf dem Bild eine Jeans und eine dazu passende Jacke, die ihre schlanke Figur betonte. Das leicht rötliche Haar trug sie kurz und modern geschnitten.

Kate betrachtete das Bild eine Weile. Als sie die Klasse verlassen hatte, war Petra Zimmermann eher etwas dicklich gewesen und hatte ihre Haare lang getragen. Sie schien zwischen den drei Jahren, in denen Kate sie noch kannte und in dem dieses Bild entstanden war, eine Verwandlung durchgemacht zu haben. Scheinbar war es das aktuellste Foto, dass Frau Zimmermann damals von ihrer Tochter hatte und deshalb befand es sich jetzt auch in der Akte.

Jetzt las Kate langsam und gründlich den Bericht durch. Erst die Vermisstenanzeige, die Frau Zimmermann aufgegeben hatte und dann den Bericht eines Hauptmeister Förster, der den Fall bearbeitet hatte.

„Hm", sagte sie nach einer Weile und legte die Akte aus der Hand.

Marianne Jäger hob den Kopf. „Und?", fragte sie.

Kate zuckte die Schultern. „Es war genauso wie ich

es mir gedacht habe. Dieser Hauptmeister Förster hat sich wirklich nicht viel Arbeit mit der Sache gemacht. Er hat die Lehrerin, ein paar Klassenkameraden und zwei Nachbarn befragt und ist schlussendlich zu der Erkenntnis gekommen, dass Petra Zimmermann Plauen freiwillig verlassen hat, Zielort unbekannt." Sie trommelte mit einem Stakkato ihrer Finger auf die Akte, was den Grad ihrer Erregung widerspiegelte.

Marianne Jäger seufzte hörbar auf. „Weißt du, was damals hier los war? Ständig gingen hier Vermissten-meldungen ein, vielfach handelte es sich dabei um Minderjährige, die den Hauch der Freiheit in irgend-einer Großstadt oder gar dem Ausland genießen wollten. Die meisten Kids wurden wieder aufgegrif-fen, Gott sei Dank, aber der Arbeitsaufwand war enorm. Da war das Verschwinden einer Volljährigen noch das kleinste Problem."

Kate lehnte sich zurück. „Okay, das war jetzt von mir wohl etwas ungerecht. Dieser Hauptmeister Förs-ter…"

„Wurde vor zehn Jahren pensioniert und hatte vor zwei Jahren einen tödlichen Herzinfarkt", unterbrach Marianne sie und Kate schob die Akte in die Mitte des Tisches.

Schließlich erhob sie sich. „Trotzdem, danke dir."

„Was willst du jetzt machen?", fragte die Kommissa-rin sie, als Kate bereits den Türgriff in der Hand hatte.

„In die Stadt gehen und mir ein Kleid kaufen. Ich gehe nämlich zu einem Klassentreffen", sagte sie und schloss die Tür mit einem kleinen Lächeln hinter sich. Auf dem Flur lief sie fast in Staatsanwalt Doktor Gebhard hinein. Dieser sah sie prüfend an.

„Frau Schulz? Ist ihr Mann nicht auf einer Fortbildung?"

Sie nickte. „Ja, ich hatte nur etwas mit Kommissarin Jäger zu besprechen."

„Aha", sagte er mit einem leichten Unterton. „Ich dachte schon, sie sind wieder für uns tätig?"

„Dann wüssten sie wohl als Erster davon, Herr Doktor Gebhard", sagte sie mit einem so zuckersüßen Lächeln, das selbst der Staatsanwalt grinsen musste.

„Das hoffe ich doch", rief er ihr nach und Kate hob leicht die Hand.

Kapitel 4

Kate öffnete die Wagentür und stellte die Schuhe auf die Straße. Dann fuhr sie aus den flachen Ballerinas heraus und schlüpfte in die eleganten schwarzen High Heels. Sie konnte ja eine Menge, aber Auto fahren konnte sie mit 12 cm Absätzen nicht. Da der Abend kühl war, hatte sie einen Mantel über das ärmellose Cocktailkleid gezogen.

„Gehst du zum Klassentreffen oder einem Date", hatte Mike gespielt stirnrunzelnd gefragt, als sie die Treppe herunterkam, worauf sie sich lasziv an das Geländer lehnte. „Der Abend ist jung. Was nicht ist, kann noch werden", hatte sie leise gesagt und Mike hatte nur die Schultern gezuckt.

„Wie dem auch sei, ich mache mir einen schönen Herrenabend mit Omar." Dann hatten beide gelacht und Mike hatte ihr noch einmal ein ernst gemeintes Kompliment gemacht.

Jetzt, als sie über die Straße in Richtung des Kaffeehauses Müller ging, fragte sie sich allerdings, ob sie vielleicht nicht doch etwas too smartly dressed war, zumal gerade eine Frau in Jeans und legerem Pullover an die Tür trat und nach draußen spähte.

Als sie schließlich Kate entdeckte, runzelte sie kurz die Stirn, dann lächelte sie. „Katherina, bist du das?" Nachdem Kate, zugegeben etwas erstaunt nickte, nahm die Frau sie spontan in die Arme und Kate roch ein etwas schweres, orientalisches Parfüm, was sie spontan an Omars Mutter erinnerte.

Noch ehe sie etwas sagen konnte, entließ die Frau sie aus der Umarmung und drängte sie nach innen.

„Schaut mal, wen ich mitgebracht habe", rief sie in die Runde. Mehrere Köpfe hoben sich, als auch schon Michaela Heimat heraneilte.

Auch sie war, zu Kates Erleichterung, ausgesprochen elegant gekleidet, wobei das dunkelblaue Samtkleid etwas zu eng saß, sodass es besonders im Brustbereich den Eindruck hinterließ, bei einem heftigen Luftholen der Trägerin augenblicklich zu zerreißen.

„Susanne hat dich ja schon mitgebracht."

Sie umarmte Kate ebenfalls und zog sie mit sich an die lange Tafel. „Es ist ja toll, dass du doch noch gekommen bist", raunte sie ihr zu und wies auf einen Platz neben sich. „Dort drüben ist das kalte Büfett." Sie deutete auf die Anrichte, die Kate von den Brunchs hier kannte.

„Hallo, Frau Schulz", sagte die junge Bedienung, die Kate kannte und ihr einen Cocktail auf den Platz stellte. „Natürlich alkoholfrei", raunte sie augenzwinkernd und Kate lächelte ihr zu.

Dann sah sie sich um. Einer der Männer erhob sich und kam auf Kate zu. „Du hast dich überhaupt nicht verändert, Katherina", sagte er und reichte ihr die Hand.

Sie musterte ihr Gegenüber, der einen Vollbart und eine ziemlich unmodische Brille trug. Etwas hilflos zuckte sie mit den Schultern. „Das kann ich von dir jetzt so nicht behaupten."

Ihr Gegenüber brach in schallendes Lachen aus.

„Das glaube ich dir gern. Ich bin Markus, Markus Anders."

In Kates Kopf begann es zu rattern. „Du saßt doch neben Dieter Fröschel?", sagte sie plötzlich und Markus Anders nickte. „Ja, dort ist er."

Er nickte in Richtung Ende der Tafel, wo ein Mann gerade sein Weinglas an die Lippen führte. Nach der Färbung seines Gesichtes war es sicher nicht das erste Glas heute Abend.

„Michi hat mir erzählt, du warst beim FBI?"

Kate nickte. „Ja, aber jetzt bin ich wieder hier."

Der Mann lächelte. „Wieder in der alten Heimat, wer hätte das gedacht."

„Und du?", fragte Kate, ehe er das Thema FBI noch vertiefen konnte.

„Ich bin Professor für alte Sprachen in Basel."

Kate stieß einen leisen Pfiff aus. „Nicht schlecht."

Er grinste. „Gegen deine Arbeit beim FBI muss ich dir wie der absolute Langweiler vorkommen."

Kate nahm einen Schluck von ihrem Cocktail. „Du ahnst nicht, wie langweilig der Job manchmal sein kann, besonders wenn du seitenweise Berichte schreiben darfst", meinte sie schließlich und deutete mit dem Kopf hin zu den anderen Anwesenden.

„Es ist nur peinlich, dass ich außer Michi hier niemand mehr kenne", raunte sie ihm zu.

Er lächelte sie an und sie fühlte sich spontan wohl in seiner Gesellschaft. „Na, dem kann man ja abhelfen. Ein paar sind noch draußen beim Rauchen, aber Dieter hast du ja schon gesehen. Er hat Chemie studiert und auch promoviert und arbeitet bei einem größeren Konzern. Dort soll er jetzt wohl auch in einen Beraterposten aufsteigen, ziemlich weit sogar nach oben. Ich hoffe, dass er nicht immer so viel trinkt", ergänzte er, als Dieter Fröschel sinnierend in sein Weinglas schaute.

„Mit Susanne Eberhard bist du ja hereingekommen. Sie hat, wie wir es alle irgendwie erwartet haben, die Apotheke ihres Vaters übernommen."

Kate erinnerte sich wieder daran, dass die Pfauen-Apotheke im Westend mit dem großem Vogel im Logo, seit einigen Generationen im Besitz der Familie Eberhard gewesen war. Scheinbar hatte Susanne nie geheiratet oder ihren Namen behalten.

Markus schien ihre Gedanken zu erraten.

„Sie ist mit ihrer Apotheke verheiratet und gibt jede Menge Seminare in Richtung alternative Heilmittel. Wundert mich, dass ihr euch nicht schon früher wieder begegnet seid."

Kate zog leicht die Schultern hoch. „Naja, Esoterik ist nicht so meine Sache", sagte sie und Markus lachte wieder auf. „Das lass sie bloß nicht hören."

In diesem Moment kam durch die Hintertür, wo sich im Sommer die Außenplätze und jetzt ein paar Plätze für Raucher befanden, eine große, auffallend in ein hautenges grünes Kleid gekleidete Blondine herein.

„Nadja?", fragte Kate leise und Markus Anders nickte.

„Die vergisst man nicht so schnell, stimmt`s?"

Kate nickte. „Oh ja", sagte sie, denn zwischen ihr und

der zickigen Nadja Ahlert hatte es immer mal nicht gerade geringe Spannungen gegeben.

Diese schwenkte mit ihrem Weinglas in Richtung der Bedienung. „Verdammt trockene Luft hier", rief sie mit leicht belegter Stimme.

Dann wandte sie ihren Blick zu Markus Anders und starrte Kate an.

„Ich werd` verrückt, Katherina Schulz, die taffe FBI-Agentin. Wow, hast dich ja gut gehalten."

Sie stieß einen Pfiff aus, was der hinter ihr eintretende Mann mit einem Kopfschütteln quittierte.

Er ging auf Kate zu und reichte ihr die Hand.

„Hallo, Katherina", sagte er mit einer melodisch-angenehmen Stimme und lächelte sie an.

„Frank, Frank Petermann", ergänzte er, weil er sah, wie es in Kates Kopf zu arbeiten begann.

Sie lächelte zurück. „Du wolltest doch immer Arzt werden, hat es geklappt?", fragte sie und er nickte anerkennend.

„Das du dich daran noch erinnerst. Ja, ich bin Chirurg geworden."

Ehe Kate etwas sagen konnte, war Nadja herangekommen und musterte sie ungeniert von oben nach unten. Kate legte den Kopf etwas zur Seite und musterte ihr Gegenüber ihrerseits.

„Nadja, hör doch mal auf, du bist schon wieder nur am stänkern", rief Dieter Fröschel über den Tisch und zwinkerte Kate zu.

„Ach Quappe, du hattest doch immer ein Faible für die unnahbare Katherina."

Nadja winkte ab und ging zu ihrem Platz. Inzwischen war Michi wieder an Kates Seite getreten und zog sie mit sich. „Komm, die anderen wollen auch noch was von dir haben."

Sie nickte Markus und Frank zu und führte sie an einen kleinen Tisch, an dem Susanne Eberhard mit einer korpulenten Rothaarigen saß und daneben eine auffallend dünne, sehr große Brünette, die eine großrandige Brille auf der Nasenspitze trug, während sie Bilder anschaute, auf denen Kinder zu sehen waren.

Dieses Mal wusste Kate, mit wem sie es zu tun hatte.

„Martina?", fragte sie die Korpulente, die aufgesprungen war, um Kate zu umarmen.

„Du hast mich erkannt, trotz der Pfunde, die sich so von Jahr zu Jahr um meine Hüften gelegt haben?" Dabei lachte sie auf und die Fältchen um ihre Augen zeigten, dass sie sicher oft und gern lachte.

Kate zupfte an einer der roten Locken. „Die sind doch unverkennbar."

Dann sah sie auf die andere Frau, die inzwischen die Bilder weggelegt hatte.

„Und du bist Silvia Wickert", sagte sie und ein Lächeln erschien auf den sehr schmalen, dezent geschminkten Lippen.

„Hallo, Katherina", sagte sie mit einer angenehm rauchigen Stimme und reichte Kate eine tadellos gepflegte Hand.

Martina sammelte inzwischen die Bilder ein und steckte sie in eine sehr große Umhängetasche.

„Meine Kinder", sagte sie und ein gewisser Stolz war

unüberhörbar. Als Kate sie ansah, ergänzte sie: „Vier. Einundzwanzig, achtzehn, sechzehn und unser Nesthäkchen ist sieben."

Anerkennend nickte Kate. „Arbeitest du?"

Martina schüttelte den Kopf. „Nein, ich habe Germanistik studiert, aber seit unser Benjamin auf der Welt ist, bin ich jetzt komplett Hausfrau."

Nach einer Stunde wusste Kate so ziemlich alles aus Martina Estermanns, so hieß sie jetzt, turbulenten Familienleben, aber auch, dass Silvia Wickert, verheiratete und inzwischen wieder geschiedene Neudörfler, Managerin in einem bedeutenden Pharmazieunternehmen in Hamburg war.

Außerdem hatte sie erfahren, dass Karlheinz Wischnewski, den alle immer den großen Schweiger genannt hatten und der jetzt neben Dieter Fröschel saß und nicht eben redseliger als früher wirkte, Mathematiklehrer am Gymnasium in Freiberg war.

„Nadja heißt jetzt Kostiak. Ich habe gehört, sie ist auch geschieden. Sie hat als Unternehmensberaterin gearbeitet, sogar ziemlich erfolgreich", sagte gerade Martina und sah etwas scheu in deren Richtung.

Nadja war scheinbar auch ihr aus ihrer gemeinsamen Schulzeit im Gedächtnis geblieben und das nicht unbedingt positiv. Diese diskutierte ziemlich heftig mit Dieter Fröschel.

„Jetzt soll sie pleite sein und richtig verschuldet", setzte Martina nach, was von Sylvia mit einem lakonischen „Kein Wunder" kommentiert wurde.

Kate fand es jetzt an der Zeit, auf ihr eigentliches

Thema zu sprechen zu kommen.

„Sagt mal, kommt Petra Zimmermann gar nicht?"
Sie hatte sich vorher davon überzeugt, dass Michi
nicht in der Nähe war, denn es war zu befürchten,
dass Frau Zimmermann ihr erzählt hatte, dass sie
Kate aufgesucht und um Hilfe gebeten hatte.
Martina runzelte die Stirn und wechselte einen be-
deutungsvollen Blick mit Sylvia und Susanne.
„Du warst da ja schon weg in den Staaten, Katherina.
Also, Petra ist kurz vor dem Abi verschwunden."
Kate riss gespielt erstaunt die Augen auf.
„Wie jetzt, verschwunden?"
Martina holte tief Luft. „Naja, verschwunden wie ab-
gehaun. Erst hing sie in so einer Drogensache mit
drin und wäre fast von der Schule geflogen. Dann ist
sie wahrscheinlich in die alten Bundesländer, bei
Nacht und Nebel, wie man so schön sagt. Jedenfalls
ist sie seither verschwunden."
Susanne schüttelte langsam den Kopf.
„Das kann ich mir einfach nicht vorstellen. Petra hing
so an ihrer Mutter, die damals schon krank war. Das
sie einfach so weggegangen sein soll, ohne ein Zeichen für die Mutter. Nein, das kann ich mir nicht vorstellen."
Kate sah sie eindringlich an. „Denkst du, ihr ist etwas
passiert, ich meine, damals?", fragte sie.
„Damals nicht, aber vielleicht später."
Kate hob den Kopf und sah, dass Frank Petermann
neben ihrem Tisch stehen geblieben war. Jetzt sahen
auch die drei anderen Frauen zu ihm auf. Er setzte

sich auf den leeren Stuhl an Kates Seite und blickte kurz in den Raum, als wolle er sicherstellen, dass niemand der anderen Anwesenden ihn hörte.

„Ich habe Petra später noch einmal gesehen, in München. Ein Freund von mir hat dort studiert und ich war bei ihm zu Besuch. Wir sind abends durch die Kneipen gezogen und naja…" Er machte eine Geste, als wolle er sich entschuldigen. „Wir sind dann versackt. Und dort habe ich Petra wiedergetroffen. Also, auf dem Straßenstrich."

„Sie hat als Prostituierte gearbeitet?", fragte Martina erstaunt und entsetzt zugleich und Frank nickte bekümmert.

„Ja, und nicht nur das. Sie war drogenabhängig. Heroin."

Er schwieg kurz, dann sah er Kate eindringlich an. „Ich habe ihr natürlich Hilfe angeboten. Immerhin war sie ja mal unsere Klassenkameradin."

Als Kate nicht reagierte, sah er die anderen Frauen an. „Was sollte ich denn machen? Sie hat alles abgelehnt und am nächsten Tag, also als ich wieder nüchtern war und mit ihr sprechen wollte, war sie unauffindbar."

In diesem Moment näherte sich Nadja dem Tisch und legte Frank eine Hand auf die Schulter.

„Na, du Charmeur. Wenn das deine Frau sehen würde."

Der Angesprochene lachte leise auf. „Ich glaube nicht, dass das meine Frau interessieren würde."

Dann erhob er sich. Er wollte noch etwas sagen, als

Dieter Fröschel sich ebenfalls näherte.

„Nadja, ich bin noch nicht fertig mit dir", sagte dieser mit leicht belegter Stimme.

„Aber ich mit dir, du Versager", erwiderte sie giftig und schubste ihn an der Schulter, sodass er fast das Gleichgewicht verlor.

„Jetzt ist aber gut", sagte Kate, die ihn geistesgegenwärtig am Arm festgehalten hatte.

Nadja stieß ein schrilles Lachen aus. „Oh, du hast also auch noch ein Faible für die alte Quappe. Ist ja süß."

„Hört auf damit", schaltete sich jetzt auch Frank Petermann ein und sah von Dieter zu Nadja.

„Das geht dich einen Scheiß an", murmelte Dieter Fröschel, während Nadja ihren Arm um Franks Schulter legte.

„Aber, aber, mein Lieber. Ganz ruhig, ganz ruhig."

Sie zwinkerte ihm zu, dann kniff sie ihn so heftig in die Wange, das es schmerzen musste und ging ganz langsam an Dieter vorbei.

„Du bist auch noch dran", raunte sie ihm zu.

„Einer nach dem anderen", rief sie und warf lachend den Kopf in den Nacken. Dann verschwand sie in Richtung Toilette.

Kopfschüttelnd sah Kate ihr nach. „Was war denn das?", fragte sie, während Frank Petermann die Achseln zuckte.

„Keine Ahnung, sie hat wohl zu viel getrunken."

Dieter Fröschel trat an ihn heran. „Ach ja? Wirklich nur zu viel getrunken?"

35

Frank Petermann nahm ihn fest an der Schulter.

„Ich glaube, du hast auch zu viel getrunken und solltest dich einmal ein bisschen frisch machen."

Kampflustig starrte ihn sein Gegenüber aus blutunterlaufenen Augen an. „Du hast mir nichts zu sagen, du..."

„Ich glaube, Frank hat recht. Mach dich etwas frisch", sagte jetzt Kate mit ruhiger Stimme und lächelte Dieter an, der den Arm von Frank Petermann abgeschüttelt hatte.

In diesem Moment kam Michi herbeigeeilt.

„Ihr sitzt ja hier so abseits", sagte sie zu den vier Frauen.

Frank hatte sich mit einem Nicken verabschiedet und schlenderte durch den Raum.

Kate winkte ab. „Nein, wir haben uns schön unterhalten."

„Dann kommt jetzt mit rüber."

Sie deutete an die große Tafel, die aber auch zur Hälfte leer war, da einige wieder zum Rauchen nach draußen gegangen waren, oder aber in kleinen Gruppen herumstanden und sich unterhielten.

Kurz nachdem Kate, die sich jetzt mit Michi und Martina unterhielt, ihr Cocktailglas auf den Tisch gestellt hatte, ließ sie ein Geräusch aufhorchen.

Sie sah, dass auch einige der anderen Anwesenden den Kopf hoben, aber dann scheinbar unbeirrt weitersprachen.

„Das war ein Schuss", sagte Kate.

Michi und Martina schauten sie an, als habe sie den

Verstand verloren.

Michi lachte auf. „Ein Schuss? Da wird in der Küche etwas heruntergefallen sein. Du hast ja eine Fantasie."

Martina lachte ebenfalls, als ein zweites Geräusch ertönte, genau wieder in der gleichen Tonlage. Dazu erscholl ein Schrei und jetzt war Kate schon in Bewegung. Erstaunlich schnell, trotz ihrer Absätze, sprintete sie in Richtung der Toiletten.

Die Tür zum Waschraum der Damentoilette war offen. Dort lag, direkt neben dem Waschbecken, Nadja Ahlert, jetzt Kostiak, in einer sich ständig vergrößernden Blutlache. Auch ohne näher heranzutreten, erkannte Kate sofort, dass sie tot sein musste, denn die linke Gesichtshälfte fehlte.

In der Ecke hinter der Tür kauerte Frank Petermann und hielt seinen Oberschenkel fest umklammert, wobei Blut zwischen seinen Fingern hervorquoll. Es war wohl sein Schrei gewesen, der Kate veranlasst hatte, hier hereinzukommen. Er starrte sie jetzt an, als verstehe er nicht, wer sie sei und was sie eigentlich von ihm wolle.

„Frank, bist du schwer verletzt?", fragte Kate leise, denn als Arzt würde er das wohl am besten einschätzen können. Als sie keine Antwort erhielt, fragte sie noch einmal: „Frank, bist du schwer verletzt?"

Jetzt erst bemerkte sie, dass er nicht sie anstarrte, sondern etwas, was hinter ihr war.

Langsam wandte sie sich um.

Hinter ihr stand Dieter Fröschel, blutverschmiert und eine Pistole mit beiden Händen fest umklammert. Verstört sah er von ihr zu Frank Petermann und der toten Nadja. „Aber, aber…", stammelte er.

Kate atmete tief ein und streckte ganz langsam ihre Hand in Richtung Dieter aus.

„Gib mir bitte die Waffe", sagte sie ruhig.

Dieser zögerte eine Weile und starrte Kate an.

„Katherina", sagte er, als erkenne er gerade erst jetzt, wer da vor ihm stand.

Diese nickte. „Ja. Gib sie mir, bitte."

„Nimm ihm die verdammte Pistole ab. Ich denke, du warst beim FBI?", schrie plötzlich Frank Petermann hinter ihr.

Dieter Fröschel zuckte zusammen und schwenkte mit der Waffe in seine Richtung.

In diesem Moment kam Martina Estermann den Gang entlang. Sie bremste geradezu hörbar ab, als sie das Blut sah und die Situation überschaute.

„Hilfe, Hilfe", schrie sie so laut, dass Kate zusammenzuckte, während Martina zurück ins Café rannte. Dieter fuhr mit der Pistole in der Hand herum und das Chaos brach aus.

Kapitel 5

„Jedenfalls trage ich mich mit dem Gedanken, meine Professur in Leipzig abzugeben. Das ständige Pendeln, gerade jetzt mit den beiden Kindern, das ist nichts."

Omar schenkte sich noch ein Glas Tee ein, während Mike nickte. „Na, Hauptsache uns bleibst du hier erhalten", sagte er.

Dann sah er zu Uhr. Es war fast 22.00 Uhr. Jasmin hatte heute ihren kinderfreien Abend, wie Omar und sie es bezeichneten. Während die Kinder bei Omars Eltern waren, war sie mit Abby ins Kino gegangen. Omar hatte Mike gestanden, dass er froh war, sich diesen „rührseligen Schmachtfetzen" nicht mit anschauen zu müssen, daher sei er Abby zu ewigen Dank verpflichtet, dass diese sich bereit erklärt hatte, und dass sogar voller Freude, Jasmin zu begleiten.

„Die zwei Mädels werden wohl bald zurück sein", sagte Mike.

Omar wog den Kopf hin und her.

„Es sei denn, sie sind noch auf einen Wein ins Theatercafé. Das kann dann dauern." Er klang nicht unzufrieden.

Mike wusste, dass es Omar durchaus begrüßte, wenn seine Frau sich ab und an eine Auszeit vom Muttersein gönnte, zumal seine Eltern sehr gern ihre Enkelkinder hüteten und ziemlich verwöhnten.

„Und Kate?", fragte er. „Sie wollte doch nur auf ein oder zwei Stunden zu diesem Klassentreffen?"

Mike lachte auf. „Du weißt doch wie das ist. Erst hat sie keine Lust, weil sie angeblich niemand kennt und dann ist es doch schöner als sie dachte."

Er nahm die Weinflasche und goss sich noch einmal nach.

Obwohl Omar keinen Alkohol trank, hatte er immer einige erlesene Weine in seinem Keller, auch weil Jasmin eine Weintrinkerin war. In diesem Moment läutete Mikes Smartphone.

„Das wird sie sein", sagte er zu Omar und zog es aus seiner Tasche. Stirnrunzelnd sah er auf das Display.

Marianne Jäger? Aber er hatte keine Bereitschaft.

„Ja? Marianne?", fragte er und hatte auf einmal ein seltsames Gefühl der Angst.

„Mike. Ich denke, ich sollte dich gleich informieren. Im Kaffeehaus Müller hat es wahrscheinlich eine Schießerei gegeben. Einige der Anwesenden konnten sich nach draußen in Sicherheit bringen, aber, wie es aussieht, gibt es noch Personen, die sich im Inneren aufhalten. Und das gegen ihren Willen. Das SEK ist verständigt, wir gehen von einer Geiselnahme aus."

Mike schloss für einen Augenblick die Augen.

„Kate?", fragte er mit belegter Stimme.

„Sie ist wahrscheinlich noch drin", sagte Marianne.

Wenn sie noch lebt. Das sagte sie natürlich nicht, aber Mike konnte es sich denken, dass auch sie das dachte.

„Ich komme", sagte er.

„Ich habe schon einen Wagen zu dir losgeschickt. Wir treffen uns dann vor Ort."

Es war Mariannes besonnene und ruhige Art, die ihm

auch jetzt wieder guttat.

„Danke", sagte er.

„Mike?" Er wollte schon wegdrücken und hielt den Finger über dem Display.

„Ja?", fragte er zögerlich.

„Kate ist in solchen Situationen erfahrener als all die anderen Leute in diesem Café. Also, vertrauen wir darauf, dass sie die Sache zu einem guten Ende bringt."

Dieter Fröschel schob Kate vor sich her, zurück in das Café. Sie sah, dass bereits einige ihrer ehemaligen Klassenkameraden sowie ein Koch über den Hinterausgang nach draußen rannten.

„Stehen bleiben, alle", schrie Fröschel.

Als niemand dem Folge leistete, hob er die Waffe und schoss plötzlich in die Luft.

In diesem Moment schien die gesamte Situation in dem Raum einzufrieren. Alle blieben exakt in der Position stehen oder sitzen, in der sie sich gerade befanden. Eine gespenstische Stille war eingetreten.

Kate hörte das hektische Atmen von Dieter hinter sich. Scheinbar war er kurz davor, völlig die Kontrolle über die Situation zu verlieren.

„Kann sich jemand um Frank kümmern? Bitte, Dieter," sagte sie leise, ohne den Kopf zu wenden.

„Auch wenn er das nicht verdient hat", sagte er, ebenso leise.

Kates Augen glitten durch den Raum und blieben bei Susanne Eberhard hängen. „Susanne sollte sich um ihn kümmern." Sie nickte dieser zu, die wie erstarrt auf ihrem Stuhl saß.

„Gut", knurrte hinter ihr Dieter Fröschel. „Soll sie machen."

„Susanne, kümmerst du dich bitte um Frank? Er hat einen Oberschenkelsteckschuss. Nimm ein paar Stoffservietten mit", sagte Kate.

Gott sei Dank reagierte Susanne sofort und erhob sich. Sie nahm ein paar der unbenutzten Servietten und ging in Richtung der Toiletten.

Dann sagte Dieter Fröschel zu der jungen Bedienung, die mit aufgerissenen Augen zwischen ihm und Kate hin und her sah: „Zuschließen, vorn und hinten."

„Vo...vo...vorn..." stammelte sie und riss sich schließlich zusammen. „Vorn ist zugeschlossen."

„Dann hinten", sagte er und mit einem Nicken rannte die junge Frau an die Tür, die noch einige vorhin als Fluchtmöglichkeit genutzt hatten und schloss sie sorgsam ab.

„Schlüssel", verlangte er und mit zitternder Hand übergab sie ihm den Schlüsselbund.

„Jalousien runter", forderte Dieter jetzt und die junge Frau begann am ganzen Körper zu zittern.

„Wir haben, wir haben keine Jalousien", flüsterte sie und warf Kate einen hilflosen Blick zu.

„Dieter, sie hat recht. Hier gibt es keine Jalousien."

„Scheiße", sagte er laut und Kate hörte, wie er mit dem Fuß aufstampfte. Sie schloss für eine Sekunde die Augen, weil sie fühlte, wie eine Welle der Panik sie überrollte. Das hatte sie schon einmal erlebt.

Tief holte sie Luft. Nein, das hier war keine Entführung durch einen fremden Menschen, das war eine Geiselnahme durch jemand, den sie kannte.

Eine andere Situation, wenn auch genauso beschissen.

„Ruhig bleiben", sagte sie wie ein Mantra zu sich selbst. Es reichte, wenn Dieter drohte die Nerven zu verlieren. Das musste sie verhindern, um jeden Preis.

„Wenn wir uns alle dort hinten in die Ecke setzen, kann von draußen niemand Einblick nehmen", sagte sie schließlich leise nach hinten gerichtet.

„Gut, alle in die Ecke und dort hinsetzen."

Scheinbar erleichtert über die vorgeschlagene Lösung deutete er mit der Pistole in die Ecke, wo zwei Tische standen. Er selbst blieb mit Kate im Raum stehen. In diesem Moment nahm sie draußen die Reflexion von Blaulicht wahr. Alle, die nach draußen entkommen waren, hatten wohl mehr oder weniger sofort den Notruf ausgelöst.

„Jetzt kommt der große Showdown", sagte Fröschel leise und es klang verzweifelt und irgendwie so endgültig, das Kate ein kalter Schauer über den Rücken rann. Was hatte er vor?

„Dieter", sagte sie leise. „Es muss nicht zum Äußersten kommen. Bitte, lass uns reden. Nur wir beide, wenn du willst." Sie deutete auf einen der leerstehenden Tische.

Plötzlich trat er vor sie, die Waffe noch immer in der Hand. Er zitterte, wirkte aber entschlossen und auch nicht mehr so alkoholisiert, wie noch vor einer halben Stunde. Das Adrenalin hatte wohl seine Wirkung getan.

Kate spielte eine Sekunde mit dem Gedanken ihn zu überwältigen, aber wenn es misslang, würde alles endgültig außer Kontrolle geraten. Nein, es musste ihr gelingen, irgendwie zu ihm durchzudringen.

In diesem Moment schallte in die gespenstische Stille des Raumes das Klingeln eines Mobiltelefons.

Es war Wild World von Cat Stevens, Mikes Klingelton.

Die gesamte Rathausstraße wie auch die Nobelstraße und der Altmarkt waren großräumig abgesperrt worden. Mike, der über die Neundorferstraße hereingekommen war, wurde von einem Streifenpolizist in Richtung Dobenaustraße gewunken, wo er sein Auto direkt neben die Lutherkirche stellte. Zeitgleich mit Omar, der ihn begleitet hatte, stieg er aus.

In Höhe der Sparkasse standen zwei Rettungswagen, die sich, gemeinsam mit Polizeibeamten, um diejenigen kümmerten, die noch das Café hatten verlassen können. Mike nickte einigen Beamten zu und passierte mit Omar die innere Absperrung.

Das dunkle Fahrzeug des Sondereinsatzkommandos stand ziemlich mittig auf der Rathausstraße, direkt unter dem Übergang zwischen Rathaus und Sparkasse und Kilian Brehmer, der Leiter des SEK, trat auf Mike zu.

„Was wisst ihr?", fragte Mike.

Brehmer deutete auf das Innere des Wagens und Mike stieg, gefolgt von Omar, hinein.

Zwei Beamte saßen an Computermonitoren und nickten nur kurz zu ihnen hin.

„Die zwölf Personen, die aus dem Kaffeehaus herausgekommen sind, sagten uns, dass noch acht Personen drin sind, inklusive des Geiselnehmers und einer toten weiblichen Person. Es gebe noch eine männliche Person, die verletzt ist."

Er deutete auf einen der Bildschirme. „Wir haben gute Sicht, allerdings nicht in die hinteren Bereiche. Dort scheinen sich die meisten der Personen aufzuhalten."

Mike trat näher heran.

Er sah Kate und einen unbekannten Mann, der eine Waffe in der Hand hielt. Sie schienen sich zu unterhalten. Kates Körpersprache wirkte wenig angespannt. „Wissen wir, wer er ist?"

„Ja, ein Dieter Fröschel, promovierter Chemiker, bisher völlig unauffällig. Allerdings ist das da eine scharfe Waffe, denn wir haben eine Tote und einen Verletzten."

Mike schluckte und fühlte plötzlich Omars Hand auf seiner Schulter. „Hat er Forderungen gestellt?"

Brehmer schüttelte den Kopf. „Negativ. Bisher ist er mit niemand in Kontakt getreten. Wir haben einen Verhandlungsführer angefordert, der…"

Mike zog sein Smartphone aus der Tasche.

„Dann versuche ich es einmal", sagte er entschlossen und bevor jemand es verhindern konnte, drückte er die eingespeicherte Nummer.

Dieter Fröschel sah sich um.

„Was ist das?", fragte er und deutete auf Kates Handtasche, die noch an ihrem Platz stand.

„Das ist mein Mann."

Er sah zwischen ihr und der Tasche hin und her.

„Der Polizist?", fragte er.

„Ja", sagte sie, erstaunt darüber, dass er wusste, das Mike bei der Polizei war. „Lass mich rangehen und mit ihm reden. Ich stelle auf laut, du kannst alles mithören und auch selbst mit ihm sprechen."

Wieder atmete Fröschel hektisch und Kate bemerkte, dass er unkontrolliert zuckte, was aber schnell wieder verschwand.

„Wieso sollte ich das?", fragte er mit abgehackter Stimme.

Der Klingelton brach ab. „Weil wir gemeinsam eine Lösung finden wollen", sagte Kate ruhig.

Er lachte so laut auf, dass es in dem Raum widerhallte. „Lösung? Hier gibt es keine Lösung."

Er schüttelte den Kopf. Als das Telefon wieder klingelte, nickte er schließlich zögerlich.

Kate angelte es vorsichtig aus ihrer Tasche und stellte den Lautsprecher an.

„Ja?", fragte sie und hörte, wie Mike kurz aufatmete.

„Kate, geht es dir gut?"

„Ja", sagte sie wieder knapp. „Dieter hört mit."

Eine Weile war Ruhe, dann sagte Mike: „Herr Fröschel, was möchten sie?"

Dieser sah Kate verwirrt an. „Was meint er?", fragte er.

47

Kate räusperte sich. „Du hast uns bis jetzt noch nicht gesagt, warum das hier alles geschehen ist und was du damit bezweckst. Jetzt kannst du es sagen, man hört dir zu, nicht nur ich und unsere Klassenkameraden hier, sondern auch mein Mann, die Polizei, die Öffentlichkeit."

Langsam nickte Dieter Fröschel. „Gut, gut", sagte er und schluckte.

In diesem Moment erhob sich in der Ecke, in der bisher alle völlig still und richtiggehend regungslos gesessen hatten, Markus Anders.

„Was soll denn dieses Theater? Ich denke, du warst beim FBI, Katherina? Habt ihr das dort gelernt? Solch einem Verrückten eine Projektionsfläche für seine wirren Gedanken zu geben? Öffentlichkeit? Das ich nicht lache."

Kate war herumgefahren und sah, wie vergeblich Michi Heimat an Markus Jackettärmel zerrte. „Sei ruhig", zischte diese.

Markus Anders machte sich mit einem Ruck frei.

„Wir gehen jetzt raus, so einfach ist das."

Kate trat einen Schritt auf ihn zu, aber Dieter Fröschel zog sie an sich heran.

„Du bleibst, wo du bist", sagte er und richtete die Waffe auf Markus Anders.

„Was ist denn das für eine Scheiße", schimpfte Kilian Brehmer und schüttelte den Kopf.

Die Telefonverbindung zwischen Mike und Kate war abgerissen und über den Monitor sahen sie, wie Dieter Fröschel wie wild mit der Pistole herumfuchtelte und diese auf einen Mann anlegte.

Schließlich atmete er aus. „Es hat keinen Zweck, wir müssen den Zugriff planen. Ist der Besitzer des Kaffeehauses endlich da?"

Er sah zur Tür, wo ein Uniformierte den Kopf hereinsteckte. „Hier ist ein Mann, der unbedingt Hauptkommissar Köhler sprechen will."

In diesem Moment wurde er beiseitegeschoben und der große, durchtrainierte Körper von Matthew „Matt" Fisher erschien in der Türfüllung.

Kilian Brehmer runzelte die Stirn.

„Bin ich jetzt komplett im Irrenhaus gelandet, das jetzt schon Zivilisten ein und ausgehen, wie es ihnen passt?"

Mike hatte sich erhoben. „Das ist ein Mitarbeiter meiner Frau."

„Schön", presste Brehmer zwischen den Zähnen hervor. „Und jetzt raus."

Mike räusperte sich. „Mister Fisher ist ein ehemaliger Marine und Scharfschütze."

Sofort sahen die beiden anderen Mitarbeiter von Brehmer von ihren Monitoren auf und starrten den Mann an. Dieser nickte Brehmer zackig zu.

„Entschuldigen sie, Sir. Aber ich wollte nur sehen, ob ich irgendwie helfen kann. Ich hätte nicht hereinkommen dürfen. Entschuldigen sie, Sir."

Brehmer knurrte etwas, dann winkte er Matt heran.

„Schauen sie mal. Wie schätzen sie die Lage ein?"

Dieser nickte und setzte sich neben Brehmer an einen der Monitore, den ein Mitarbeiter eiligst geräumt hatte. Gebannt und mit hochkonzentrierter Miene starrte er auf das, was vor seinen Augen ablief.

„Nun?", fragte Brehmer, der den ehemaligen Marine schweigend beobachtete hatte. Dieser Mann war ein Profi, das sah er sofort.

Matt sah auf und wandte sich ihm langsam zu.

„Der Mann da drin ist eine tickende Zeitbombe. Sie sollten da so schnell wie möglich rein", sagte er leise und Brehmer nickte.

„Setz dich wieder hin oder ich knall dich ab", schrie Dieter Markus an und hielt die Pistole noch immer in dessen Richtung.

Dieser wich zurück und ließ sich neben Michaela Heimat auf den Stuhl fallen.

Dieter Fröschel atmete schnell und Kate spürte, wie er wieder am ganzen Körper zitterte.

Was zum Teufel hatte Markus mit dieser Aktion geplant? War er komplett verrückt geworden? Immerhin hatte Dieter Nadja erschossen und Frank angeschossen.

Sie drehte sich leicht in Richtung der Toiletten um. Dort war es ruhig. Scheinbar war es Susanne gelungen, die Blutung einigermaßen in den Griff zu bekommen und Frank war, so er nicht das Bewusstsein verloren hatte, als Chirurg durchaus in der Lage, sich selbst notfallmäßig zu versorgen.

Gewiss hatten sie sich irgendwo in dem Sanitärbereich eingeschlossen und waren so zumindest in Sicherheit. Aber wie würde es jetzt hier weiter gehen?

Scheinbar hatte Markus sich beruhigt.

Michi hielt ihn noch immer am Ärmel fest, als befürchte sie einen erneuten Ausbruch. Madeleine, die junge Bedienung, saß zwischen ihr und Silvia Neudörfler.

Die junge Frau war völlig paralytisch und starrte nur vor sich hin, während Silvia beherrscht und ruhig erschien.

Kate, die versuchte keine hektischen Bewegungen zu machen, sah Dieter Fröschel wieder an, der leicht die

Pistole gesenkt hatte, aber Markus nicht aus den Augen ließ.

„Kann ich mich setzen?", fragte sie leise, aber er schüttelte den Kopf.

„Mir tun die Füße weh", sagte sie schließlich und sein Blick folgte den ihren zu ihren Schuhen.

„Zieh sie aus", sagte er.

Als Kate ihn erstaunt ansah, ergänzte er leise: „Zieh sie aus, du brauchst sie nicht mehr."

Da spürte Kate ein Frösteln zwischen ihren Schulterblättern, das sich rasant im gesamten Körper ausbreitete.

Wieder klopfte es und ein Uniformierter sah herein.

„Der Besitzer des Kaffeehauses wäre jetzt da."

Mike stand auf und gab dem Mann die Hand. „Rico, es tut mir leid."

Dieser winkte ab. „Das ist ja jetzt alles egal, aber eine Mitarbeiterin von mir ist noch drin und…"

Er brach ab und sah Mike an. „Kate?", fragte er leise und Mike nickte.

Kilian Brehmer streckte ihm die Hand hin.

„Ich halte mich mal nicht mit Förmlichkeiten auf. Gibt es noch einen anderen Eingang, vielleicht einen Keller?"

Noch ehe sein Gegenüber antworten konnte, deutete Matt auf den Monitor. „Da passiert etwas, er kommt in Richtung Vordereingang, mit zwei Personen."

Kilian Brehmer drängte zur Tür, seine Schutzausrüstung greifend. Über das Ansteckmikrophon gab er seinen Männern, die rund um das Kaffeehaus positioniert waren, kurze Anweisungen.

Mike starrte auf den Bildschirm vor sich. Er erkannte die junge Bedienung, die sich nur mühsam auf den Beinen halten konnte. Sie schloss die Tür auf und Dieter Fröschel deutete ihr mit der Waffe in der Hand, hinauszugehen.

Scheinbar wagte sie es nicht, wohl in Panik, hinterrücks erschossen zu werden.

Erst als Kate auf sie einredete, kam sie der Aufforderung nach, sie öffnete die Tür, schlüpfte hinaus und rannte zwei Schritte nach rechts, wo sie von einem SEK Beamten um die Taille gefasst und in Sicherheit gebracht wurde.

Dann sah Mike, dass Kate keine Schuhe mehr trug und Fröschel seinen Arm um ihren Oberkörper geschlungen hatte, während er sie, die Waffe auf ihrer Schläfenhöhe, vor sich herschob.

„Haben sie keine Angst, Madeleine, er wird nicht auf sie schießen, wenn sie tun, was er sagt", redete Kate ruhig auf die junge Frau ein, die mit zitternden Händen den Schlüssel zur Eingangstür in der Hand hielt, den Fröschel ihr eben gegeben hatte.

Diese sah sie ängstlich an, nickte dann aber und versuchte zwei Mal vergeblich, das Schloss zu treffen.

„Ruhig bleiben, bitte, bleiben sie ruhig", sagte Kate wieder und wirklich, dieses Mal funktionierte es. Das Schloss schnappte auf und die Tür ließ sich öffnen.

„Geh", sagte Fröschel und ohne sich noch einmal umzudrehen, ging die junge Frau stocksteif hinaus.

Kate sah noch, wie sie von einer dunkel gekleideten Person weggebracht wurde. Logischerweise war überall dort draußen das SEK und wartete nur auf den einen Augenblick, um diese Sache hier zu beenden. Sicher waren sie bereits am Hintereingang, um schnellstmöglich die anderen Geiseln befreien zu können, ganz gleich, wie es jetzt hier vorn ausgehen würde.

„Wir gehen raus", sagte Dieter Fröschel jetzt mit belegter Stimme und schlang seinen Arm um ihren Oberkörper.

Während sie die Hand auf die Tür legte, sagte sie plötzlich. „Warum, Dieter? Warum hast du Nadja erschossen?"

Sie spürte, wie ein Zittern durch seinen Körper ging.

„Das habe ich nicht", sagte er leise, so leise, das sie glaubte sich verhört zu haben. „Petra", sagte er plötzlich. „Sie ist das Alpha und das Omega."

Er schob sie nach draußen und Kate nahm als erstes die kalte Nachtluft war. Dann spürte sie die Kälte an ihren Füßen, die durch die dünnen Nylonstrümpfe drang. Mit einem Plop fiel die Tür hinter ihnen ins Schloss. „Und jetzt?", dachte Kate und schloss kurz die Augen. Als sie sie wieder öffnete, sah sie das Blaulicht, das von entfernt geparkten Rettungsfahrzeugen sich in den gegenüberliegenden Schaufensterscheiben spiegelte. Es war fast gespenstisch still. Trotzdem war sich Kate bewusst, dass überall SEK Beamte auf den günstigsten Augenblick warteten, diese Sache zu beenden. Sie atmete durch den Mund ein und aus. Was bedeutete, vielleicht einen finalen Rettungsschuss einzusetzen. Das musste sie auf jeden Fall verhindern. Warum hatte Dieter gesagt, er habe Nadja nicht erschossen? Aber was sie fast noch mehr elektrisiert hatte, war, dass er Petra angesprochen hatte, Petra Zimmermann, ihre verschwundene Klassenkameradin.

„Dieter, gib mir die Waffe. Bitte. Wir können das hier zu einem guten Ende bringen."

Sie hörte ein Schnauben hinter sich und spürte, wie er wieder begann, unkontrolliert zu zittern.

„Wer hat Nadja erschossen? Sag es mir." Keinesfalls wollte sie die Verbindung zu ihm jetzt abreißen lassen. „Dieter?" Sie spürte, wie die Waffe an ihrem Kopf hin und her fuhr, so stark zitterte er, dann stieß er sie etwas von sich. In diesem Moment gab es eine ungeheure Erschütterung und sie wurde von den Füßen gerissen und stürzte ins Bodenlose.

Kapitel 6

Ihre Wange schmerzte und auch die Schulter. Jemand beugte sich über sie.

„Frau Schulz?", fragte eine tiefe Stimme und dann wieder „Frau Schulz, sind sie verletzt?"

Sie spürte die Vibration von Schritten, Stiefelschritten, die über das Kopfsteinpflaster rannten. Dann wurde sie aufgesetzt und sie sah einen Meter neben sich die leblose Gestalt von Dieter Fröschel. Unter seinem verdreht daliegenden Körper breitete sich eine Blutlache aus. Da erst wurde ihr bewusst, dass alles um sie taghell angestrahlt war.

Der Mann, mit schusssicherer Weste und Sturmhaube, half ihr auf. In diesem Moment erkannte sie neben sich Kilian Brehmer, den Einsatzleiter. Sie riss sich los und stürmte auf ihn zu.

„Warum habt ihr ihn erschossen? Warum? Er hatte die Pistole doch schon von meinem Kopf weggenommen, er…"

Sie hatte den verdutzten Brehmer mit der linken Hand vorn an der gepolsterten Jacke gepackt und schlug mit der rechten Hand gegen seine Schulter. In diesem Moment wurde sie von hinten von zwei starken Armen umschlossen und in die Höhe gehoben.

„Kate. Kate, hör auf", sagte eine tiefe Stimme auf Englisch. „Es war die einzige Möglichkeit, glaube mir. Ich habe die Aktion am Monitor verfolgt. Ich hätte auch nicht anders gehandelt. Glaube mir, der finale Rettungsschuss war die einzige reale Möglichkeit dein Leben zu retten."

Es dauerte einen Augenblick, dann nickte sie und Matt Fisher setzte sie langsam wieder auf den Boden.

„Geht es?", fragte er sanft.

Sie nickte und sah zu Kilian Brehmer hin, der noch immer bei ihnen stand. „Sorry", sagte sie leise, aber er schüttelte den Kopf.

In diesem Moment sah Kate, wie Mike über die Straße gerannt kam und sie wortlos in die Arme schloss. Sie hielt sich an ihm fest, als habe sie Angst, ohne ihn ohnmächtig zu werden.

„Komm", sagte er leise.

Langsam ging er mit ihr ein paar Schritte, als neben ihnen auch schon ein Rettungswagen hielt.

Der diensthabende Notarzt sah Mike an. „Sollen wir sie gleich mitnehmen?"

In diesem Moment löste sich Kate langsam von Mike und stellte sich aufrecht hin. Sie atmete einige Male tief ein und aus, dann schüttelte sie den Kopf.

„Ich gehe gar nirgends hin. Mike, gehst du bitte in mein Auto? Im Kofferraum sind meine Laufsachen. Holst du sie mir bitte?"

Als sie sah, wie Mike und der Notarzt einen vielsagenden Blick wechselten, drehte sie die Augen nach oben. „Ich will nicht joggen gehen, aber in dem Kleid werde ich erfrieren, wenn ich weiter hier herumstehe. Außerdem könnte ich ein paar Schuhe gebrauchen."

Sie sah, wie Mike erleichtert nickte und folgte inzwischen dem Arzt in den offenen Wagen.

Als Mike mit der angeforderten Tasche zurückkam, hatte ein Rettungssanitäter inzwischen Kates Vitalwerte kontrolliert und zuckte dem Arzt gegenüber die Achseln. „Alles okay", sagte er.

Kate nahm Mike die Tasche ab. „Ich ziehe mich nur um", sagte sie mit erstaunlich fester Stimme und verschwand im hinteren Teil des Wagens.

„Der Schock wird noch einsetzen", sagte der Notarzt zu Mike. „Daher hätte ich sie schon gerne zur Beobachtung mitgenommen."

Mike winkte ab. „Da müssten wir sie wahrscheinlich mit Handschellen an die Trage fesseln. Danke Doc. Wir werden alle ein Auge auf sie haben."

Der Arzt nickte resigniert und in diesem Moment kam Kate zurück. Auf Mike wirkte sie, als habe sie eine Art imaginäre Ritterrüstung angelegt, bereit, sich den Dämonen zu stellen.

„Vielleicht sollte ich dir vor Ort zeigen, was passiert ist?", fragte sie ihn und deutete mit dem Kopf in Richtung Kaffeehaus, wo sich gerade die Spurensicherung mit den Rettungskräften kreuzte.

Letztere trugen den verletzten Frank Petermann zum Rettungswagen. Ein Rettungssanitäter begleitete eine erstaunlich gelassene Susanne Eberhard heraus, die sofort Kate erspähte und über die Straße gerannt kam. Heftig umarmte die ehemalige Klassenkameradin sie.

„Bin ich froh, dass dir nichts passiert ist, Katherina", sagte Susanne atemlos und drückte Kate noch einmal fester an sich heran.

„Und Frank?", fragte diese, als sich gerade die Türen des Rettungswagens schlossen und dieser mit Blaulicht davonfuhr. Susanne sah dem Wagen nach.

„Es ist ein glatter Durchschuss, noch dazu recht oberflächlich, also fast ein Streifschuss. Ich konnte die Blutung gut stillen und dann haben wir uns in der Herrentoilette verbarrikadiert."

Kate klopfte ihr auf die Schulter. „Das war gut, Susanne."

Diese nickte betrübt und sah hinüber zu der Stelle, wo jemand eine Folie über die Leiche von Dieter Fröschel gebreitet hatte.

„Das es so ausgehen musste." Sie seufzte und nickte dann in Richtung Kaffeehaus. „Und Nadja. Furchtbar, einfach furchtbar."

Dann ließ sie sich von einem Beamten, der in Hörweite gewartet hatte, auf Mikes Zeichen hin, wegführen. Es war zwingend notwendig, so viel wie möglich der Aussagen noch heute Nacht aufzunehmen, so lange die Erinnerungen noch frisch waren.

Allerdings standen einige der befreiten Geiseln so unter Schock, das man sie vorsorglich in die Klinik gebracht hatte.

An der Tür zum Kaffeehaus erwartete sie bereits Karsten Windisch, der Leiter der Spurensicherung.

Er legte Kate die Hand auf die Schulter. „Ich bin froh, dass diese Sache gut ausgegangen ist."

Kate stieß ein Schnauben aus. „Für zwei Leute nicht. Aber trotzdem danke, Karsten. Ich dachte mir, du willst ein paar Informationen, wo sich was abgespielt hat?"

Dieser nickte, sah allerdings zu Mike hin. „Klar, wenn das okay ist."

Mike zuckte nur die Schultern, während Kate sich einen Overall der Spurensicherung nahm. Nachdem Mike und sie sich ordnungsgemäß bekleidet hatten, betraten sie das Café.

Mike bemerkte zu seiner Verwunderung, das Kate keine Sekunde zögerte. Scheinbar hatte sie komplett in den Ermittler-Modus umgeschaltet, eine Tatsache, die ihn eher beunruhigte als beruhigte.

Kate stellte sich an den Tisch, wo sie zuletzt auch mit Dieter Fröschel gestanden hatte. Sie beschrieb Karsten und zwei seiner Mitarbeiter detailliert, wer wo gesessen hatte, bevor Nadja zur Toilette gegangen war, jedenfalls soweit sie sich daran erinnern konnte. Mike nahm diese Aussage auf und Karsten fotografierte aus unterschiedlichen Blickwinkeln.

Kate deutete in Richtung Toilettengang.

„Dieter, also Dieter Fröschel, beschimpfte Nadja und sie machte so komische Andeutungen."

Kate schloss die Augen und gab fast wörtlich den Dialog wieder. „Dann hat Dieter auch Frank noch beleidigt, weil dieser ihm vorschlug, sich etwas frisch zu machen. Also bin ich dazwischen gegangen und habe versucht die Wogen zu glätten. Dieter war dann auch ruhig und ist zur Toilette gegangen."

Sie drehte sich um. „Hier stand Michi, also Michaela Heimat. Da hörte ich einen Schuss. Michi lachte noch und sagte, in der Küche wäre etwas heruntergefallen.

Dann gab es einen zweiten Schuss und jemand schrie. Es war Frank, er war ja angeschossen. In diesem Moment bin ich losgelaufen, in Richtung Toilette."

Sie ging, gefolgt von Mike und Karsten den Weg dorthin, als ihnen plötzlich Omar, ebenfalls in einen XXL- Overall der Spurensicherung gehüllt, entgegenkam. Er stoppte seinen Schritt und starrte Kate wie eine Erscheinung an. Dann sprang er geradezu auf sie zu und umarmte sie so fest, dass sie buchstäblich von den Füßen gerissen wurde.

„Mädel, Mädel, das will ich nicht noch einmal mitmachen müssen", sagte er und wischte sich mit der Rückseite seiner behandschuhten Hand über die Augen.

Kate streichelte ihm über den Oberarm.

„Dieses Mal war es nicht meine Schuld", sagte sie und Omar lächelte. „Nein, wirklich nicht. Aber warum bist du hier? Ich hatte doch dem Notarzt ausdrücklich gesagt, er soll dich in die Klinik fahren. Doktor Feigler erwartet dich."

Jetzt warf er Mike einen vorwurfsvollen Blick zu, der die Augen verdrehte. „Ich kann auch nichts dafür. Wenn Kate nicht will, will sie nicht", stieß er ärgerlich hervor.

Omar winkte ab. Dann sah er wieder Kate an. „Willst du wirklich da rein?"

Sie nickte, kurz, aber bestimmt. „Ja", sagte sie, lächelte ihm zu und betrat gemeinsam mit Karsten und Mike den Vorraum der Toiletten. In der Damentoilette, deren Tür geöffnet war, lag neben den

Waschbecken, Nadja Kostiak. Zwei Männer und eine Frau aus Karstens Truppe, sicherten gerade die Spuren. Sie sahen zu ihm auf.

„Es wäre schön, wenn nicht noch mehr hier herumtrampeln würden. Wir haben schon genug verfälschte Spuren ", sagte die junge Frau energisch und Mike hob beide Hände.

Kate zeigte in die eine Ecke des Waschraumes, keine zwei Meter von der Toten entfernt.

„Dort saß, an die Wand gelehnt, halb liegend, würde ich sagen, Frank Petermann. Er hielt seinen Oberschenkel umklammert."

Karsten runzelte die Stirn. „Was wollte er in der Damentoilette?", fragte er.

Kate sah ihn an. „Fragt ihn selbst. Ich vermute mal, er hat den Schuss gehört und ist hereingerannt."

Mike sah zu Kate. „Hast du es gesehen?"

Sie schüttelte den Kopf. „Nein, aber ich hatte den Gang auch nicht im Blick. Aber es ist die einzige logische Erklärung."

Mike und Karsten nickten zeitgleich. Kate deutete hinter sich. „Dann stand plötzlich Dieter hinter mir. Er hatte die Pistole in der Hand und war blutverschmiert. Er wirkte völlig verwirrt, vielleicht auch deshalb, weil ich hier war." Sie ging etwas zurück.

„Ich sagte ihm, er solle mir die Waffe geben und vielleicht hätte er es auch gemacht, als plötzlich Martina Estermann kam und aufschrie."

Kate runzelte die Stirn. „Nein, etwas habe ich vergessen. Ich wollte Dieter bewegen mir die Pistole zu

geben und er war auch schon so weit, glaube ich jedenfalls, als Frank mich anbrüllte, ich sei doch beim
FBI gewesen und könne ihm nicht einmal die Waffe
wegnehmen. Dann hat Dieter auf ihn gezielt und
dann erst kam Martina und schrie."

Karsten nickte. „Naja, schauen wir mal, was uns die
Spuren sagen werden. Aber danke, Kate. Es war toll,
dass du noch einmal mit hereingekommen bist."

Er deutete mit dem Kopf in Richtung Ausgang.

Mike ging mit Kate hinaus. „Soll ich dich nicht doch
noch in die Klinik fahren?", fragte er leise, als sie ihren Overall auszog.

Kate schüttelte den Kopf. „Nein, ich fahre nach
Hause."

Er nickte. „Gut, ich komme mit."

Sie hielt inne, obwohl sie den Overall gerade in den
dafür vorgesehenen Abfall werfen wollte.

„Du wirst hier gebraucht", sagte sie und deutete auf
die zahlreichen Beamten, die umherliefen und Spuren sicherten.

Er nahm ihren Arm. „Das kann auch Marianne über-
nehmen. Die meisten Zeugenbefragungen können
wir eh erst morgen machen. Also komm."

Mike hatte mit Kate noch einen Tee getrunken und sie dann ins Bett gebracht. Zu seiner Überraschung war sie fast sofort eingeschlafen und er setzte sich in sein Büro und telefonierte mit Marianne, Karsten und Omar. Schließlich war es gegen 2.00 Uhr, als er sich neben Kate legte, die darauf gar nicht reagierte.
Er lag auf dem Rücken und starrte die Decke an. Der Schlaf schien ihn heute Nacht meiden zu wollen, ganz im Gegenteil zu Kate, die tief atmete.
Wie hatte sie nur derart professionell mit der Situation umgehen können? Zumal sie diese Situation, eine Geiselnahme, bereits einmal erlebt und fast nicht überlebt hatte. Ihm war es ein absolutes Rätsel, woher sie die Stärke nahm, die sie in dieser Nacht gezeigt hatte. Er sah an der Decke den Lichtschein eines immer langsam werdenden Autos. Omar war also auch nach Hause gekommen. Natürlich würde er erst morgen, oder korrekterweise heute mit den Autopsien beginnen, von denen sich Mike zugegebener Weise nichts Aufregendes versprach. Nach den ersten Spuren, die Karsten gesichert hatte, schien das Szenario ziemlich klar. Dieter Fröschel war, aus welchen Gründen auch immer, komplett ausgerastet und hatte Nadja Kostiak auf der Toilette erschossen. Frank Petermann hatte den Schuss gehört, war dazugekommen, wie auch immer. Das würde die morgige Vernehmung von ihm zeigen. Dann hatte er auch ihn angeschossen. War nur zu klären, woher hatte Fröschel diese Waffe? Mit diesem Gedanken schlief er endlich ein.

Als Mike erwachte, schien ihm die Sonne direkt ins Gesicht. Er schreckte auf und sah auf die Uhr.

Gott sei Dank, es war erst 8.10 Uhr. Mit einem Seufzer griff er neben sich. Das Bett neben ihm war leer und bereits kalt. Mike setzte sich auf und lauschte in Richtung Bad.

„Kate?", rief er, erhielt aber keine Antwort.

Sie konnte doch unmöglich heute Morgen joggen gegangen sein? Er stand auf und sah über das Geländer nach unten. Nein, ihre Joggingschuhe standen im Regal. Aber es roch auch nicht nach Kaffee. Etwas beunruhigt ging er hinunter und sah in das Wohnzimmer. Dort, auf der Couch, lag Kate zusammengerollt unter einer Decke. Er ging in die Küche, ließ zwei Tassen Kaffee aus dem Automat und ging damit ins Wohnzimmer zurück.

An ihrer Körperhaltung hatte er gesehen, dass sie nicht mehr schlief.

„Kaffee?", fragte er leise und setzte sich ihr gegenüber in einen Sessel. Langsam richtete Kate sich auf. Sie sah blass aus. Mit beiden Händen fuhr sie sich durch die Haare, dann nahm sie den Kaffeepott und trank einen kräftigen Schluck.

„Danke", sagte sie und versuchte sich an einem Lächeln. „Ich konnte nicht mehr schlafen und wollte dich nicht stören."

Sie wies mit der Hand auf das Wirrwarr auf der Couch, bestehend aus Decke und Kissen.

Mike nickte. Dann seufzte er etwas auf. „Kate, soll ich dich nicht besser zu Doktor Feigler bringen?"

Kate sah ihn an und trank noch einen Schluck Kaffee.
Dann stellte sie die Tasse ab. „Mike, ich brauche keinen Psychiater. Ich fahre jetzt mit dir ins Präsidium
und dann werden wir…"
Mike hob die Hand. „Stopp. Nicht wir, Kate. Das
weißt du doch selbst am besten. Jedem Beamten, der
unmittelbar an so einem Vorfall beteiligt gewesen
wäre, würde man die Ermittlungen entziehen. Ich
glaube kaum, dass das beim FBI anders gewesen ist?"
Langsam stand Kate auf und ging zum Fenster. Sie
sah eine Weile hinaus und regte sich auch nicht, als
Mascha mit erhobenem Schwanz um ihre Fesseln tänzelte.
Mike erhob sich. „Na komm, ich gebe dir was zu fressen." Mit einem letzten, empörten Blick auf ihre sonstige Dosenöffnerin folgte Mascha gemächlichen
Schrittes Mike in die Küche. Dort nahm sie mit einer
geradezu huldvollen Miene die Futterschale entgegen, was Mike zumindest ein kleines Lächeln entlockte. Als er sich wieder aufrichtete, stand Kate in
der Küchentür.
„Als Dieter mit mir auf der Straße stand, sagte er
zwei Sachen. Einmal, dass er Nadja nicht erschossen
hat und zum anderen ging es um Petra."
Mike setzte sich an den Küchentisch. „Petra?"
„Petra Zimmermann. Ihre Mutter war bei mir und
hat mich gebeten, ihren Fall wieder aufzurollen."
In knappen Worten erzählte sie Mike von dem Auftrag Helga Zimmermanns und wie sie, dank Marianne Jäger, einen Blick in die alten Unterlagen hatte

werfen können.

„Und was hat das alles mit der Geiselnahme und dem Mord an Nadja Kostiak zu tun?", fragte Mike irritiert.

Kate zuckte die Schultern. „Nichts oder alles. Dieter sagte, Petra ist das Alpha und das Omega."

„Anfang und Ende", murmelte Mike. „Wirklich seltsam." In diesem Moment klingelte es an der Haustür. Mike öffnete und Jasmin Weidner-Amri stand freudestrahlend mit einer großen Bäckertüte vor der Tür.

„Guten Morgen, der Brötchenservice."

Sie schob den verdutzt schauenden Mike einfach zur Seite und ging in die Küche. Sorgsam stellte sie die Tüte mittig auf den Tisch, dann ging sie zu Kate und umarmte sie fest.

„Ich danke Gott, dass dir nichts passiert ist", sagte sie leise. Dann schob sie Kate ein Stück von sich.

„So, du gehst dich jetzt duschen und ich mache uns allen ein schönes Frühstück." Sie öffnete die Kühlschranktür. „Eier, Speck, sehr gut."

In diesem Moment kam auch Mike wieder in die Küche. „Also ich muss los…"

Jasmin stemmte die Hände auf die Hüften. „Ich sagte Frühstück, und zwar für alle. Die Arbeit läuft dir auch nicht weg. Omar ist auch eben erst aufgebrochen. Also, auch duschen und anziehen."

Mike nahm Kates Hand und zog sie auf den Flur.

„Also, seit sie Mutter ist, hat sich ihre dominante Art noch deutlich verstärkt", raunte er.

„Und ich höre dich", schallte es aus der Küche.

Kapitel 7

Es war später Nachmittag, als Omar zu der Ermittlungsgruppe stieß. Er sah müde aus, kein Wunder nach der kurzen Nacht und zwei Autopsien.
Daher hatte er auch darauf verzichtet, Mike in sein Büro zu bitten. In dieser besonderen Situation wollte er seine Ergebnisse der gesamten Ermittlungsgruppe präsentieren. Nachdem er sich gesetzt und von Mike einen Kaffee angenommen hatte, öffnete er sein Tablet.
„Also, das Opfer Nadja Kostiak. Der Schuss wurde aus nächste Nähe abgefeuert, fast schon aufgesetzt. Die Stanzmarke fehlt allerdings, aber der Schmauchhof ist erkennbar. Der Täter muss schräg hinter ihr gestanden haben, rechts, um genau zu sein. Die Kugel drang am Hinterkopf, nahe der Medulla oblongata ein und im linken Gesichtsfeld wieder aus. Sie hatte keine Chance."
Er fuhr mit seinen Fingern über das Tablet.
„Ansonsten kann man sagen, dass Frau Kostiak relativ gesund war, sieht man von einer beginnenden Leberzirrhose ab, die alkoholinduziert war. Immerhin hatte sie auch stattliche 1,7 Promille und war, nach Aussage der Zeugen vor Ort, noch absolut funktionstüchtig."
Er lehnte sich etwas zurück. „Die Kugel habt ihr?", fragte er Karsten Windisch, der seinerseits nickte.
„Ja, sie lag unter dem Waschbecken. Kaliber 9mm, passt genau zu den anderen beiden Kugeln, einmal

die, die Petermann am Oberschenkel gestreift hatte und auch von uns gefunden wurde und die dritte, die in der Verkleidung der Decke im Café selbst stak, wo Fröschel in die Luft geschossen hat. Sie entstammen der Beretta, die wir bei Fröschel aufgefunden haben. Herkunft derzeit noch unbekannt, da die Seriennummer ausgefeilt worden war. Aber schon vor längerer Zeit. Scheint eine typische Schwarzmarktwaffe zu sein."

Er nickte wieder Omar zu. Dieser setzte sich aufrechter hin.

„Nun zu Dieter Fröschel und das war die echte Überraschung. Der Mann war krank, todkrank. Fortgeschrittenes Lungenkarzinom mit massiver Metastasierung, auch im Gehirn."

Er sah zu Mike, der ihn erstaunt ansah. „Dann könnte sein Handeln…"

Omar wog den Kopf hin und her. „Du meinst ein erweiterter Suizid, möglich", sagte er zögerlich. „Aber auch eine Wesensänderung könnte in Frage kommen."

Jetzt schaltete sich Marianne Jäger ein. „Das würde mit den bisherigen Zeugenaussagen übereinstimmen. Alle beschrieben Dieter Fröschel als eher ruhigen, sehr friedlichen Menschen, ohne aggressive Neigungen."

„Wobei alle ihn seit vielen Jahren nicht gesehen haben", warf Mike bedenkend ein.

„Ein Mensch kann sich ändern."

Omar warf ihm einen Blick zu. „Jedenfalls hatte er

eindeutige Schmauchspuren an der rechten Hand."
Dann legte er sein Tablet aus der Hand.

„Also, das war die Kurzversion. Ich war froh, dass
Kerstin mich so unterstützt hat, sonst wäre ich kaum
jetzt schon fertig. Der Bericht kommt."

Mike sah zu Marianne hinüber. „Wann können wir
denn nun mit Petermann sprechen? Er ist ja wohl
kaum so schwer verletzt."

Mike war mit seinem Ersuchen, den Chirurg gleich
am Morgen zu befragen, kläglich gescheitert. Mehrere seiner behandelnden Ärzte hatte diese mit der
Begründung posttraumatische Belastungsstörung abgelehnt.

Marianne lächelte. „Ich habe vorhin noch mit Doktor
Feigler gesprochen. Er hat sein Okay gegeben, obwohl einige der Kollegen sich wohl dagegen ausgesprochen haben. Aber er ist nun mal der Psychiater."

Mike erhob sich. „Na da kommt doch mal Bewegung
in die Sache."

In diesem Moment trat Staatsanwalt Doktor Gebhardt ein. Er begrüßte alle Anwesenden mit einem
Lächeln und ging zu Mike, den er mit Handschlag
begrüßte. „Ich habe gehört, ihrer Frau geht es den
Umständen entsprechend gut?"

Mike nickte. „Ja, danke."

Gebhardt atmete auf. „Na Gott sei Dank. Das war ein
Schreck in der Abendstunde. Wie weit sind sie? Ist
der Augenzeuge, dieser Chirurg, ansprechbar?"

Mike deutete auf Marianne. „Wir wollen gerade zu
ihm und nehmen noch seine Aussage auf. Ich hoffe,

71

dann können wir den Fall abschließen."

Gebhardt nickte. „Ja, tragisch, keine Frage. Aber es besteht doch wohl kein Zweifel an der Notwendigkeit eines finalen Rettungsschusses seitens des SEK?"

Mike schüttelte den Kopf.

„Gut, dann machen sie den Fall dicht."

Es war dem Staatsanwalt anzusehen, dass er froh war, dass sich die Sache nicht noch zusätzlich verkomplizierte, weil ein unangemessenes Verhalten beim Einsatz einer Schusswaffe im Raum stand.

Er erhob sich, nickte den Anwesenden zu und ging.

Doktor Frank Petermann lag auf der Privatstation des Klinikums. Als Mike und Marianne diese betraten, kam ein Arzt in mittlerem Alter mit strenger Miene auf sie zu. „Sind sie die Herrschaften von der Polizei?", fragte er in einem Ton, als sei eine Invasion von Kakerlaken im Anmarsch.

Mike und Marianne zückten fast zeitgleich ihren Ausweis, an den der Arzt, der nach seinem Namensschild, *Dr. F. Kreisel- Oberarzt*, war, keinen Blick verschwendete. „Ich habe energisch gegen diese Befragung protestiert, aber…"

„Ja, Herr Kollege und jeder hier durfte ihren Protest zu Kenntnis nehmen", ertönte eine bekannte ruhige Stimme und Doktor Feigler, der Chefarzt der Psychiatrie, trat zu ihnen.

Er reichte Marianne und Mike die Hand und deutete auf einen Raum. „Wenn ich ihnen die beiden Beamten einmal entführen dürfte?"

Der Oberarzt schnaubte, nickte dann aber und entfernte sich.

Doktor Feigler führte Marianne und Mike in ein kleines Arztzimmer und deutete ihnen, Platz zu nehmen.

„Auch wenn der Herr Kollege Kreisel etwas übertreibt mit seiner Abschottung, so muss ich ihnen sagen, dass auch ich einer nur kurzen Befragung zustimmen werde. Doktor Petermann steht noch immer unter Schock. Aber ich verstehe sie auch, immerhin ist eine zeitnahe Befragung wichtig. Also bitte."

Er erhob sich und ging voran.

„Wenn sie mit dabei sein möchten…", schlug Mike

73

vor der Tür zum Patientenzimmer vor und der Psychiater nickte. „Das wäre mir sehr recht. Ich könnte notfalls einschreiten."

Noch ehe er anklopfte, sah er Mike eindringlich an.

„Wie geht es Frau Schulz? Wie ich höre, hat sie sich einer Mitnahme durch den Notarzt energisch widersetzt?"

Mike zuckte etwas die Schultern. „Sie sollten sie inzwischen ja auch kennen, Herr Doktor."

Dieser lächelte und nickte. „Allerdings. Aber es wäre mir lieb, wenn sie sie doch noch überreden könnten mit mir zu sprechen. Wir dürfen nicht vergessen, dass sie eine solche Situation bereits einmal erlebt hat."

Dann klopfte er und öffnete die Tür.

Frank Petermann lag in seinem Bett, das rechte Bein war auf eine Schiene gelagert. Insgesamt wirkte auch er erschöpft und blass, was auch am Blutverlust liegen konnte. Er sah die drei Eintretenden an und nickte begrüßend. Der Arzt trat an das Bett seines Kollegen und deutete auf Mike und Marianne.

„Das sind Hauptkommissar Köhler und Kommissarin Jäger. Sie würden ihnen gern ein paar Fragen stellen. Ich werde hierbleiben, um einer eventuellen Überbelastung zuvorkommen zu können."

Petermann zog die Stirn leicht kraus.

„Das wird zwar nicht erfolgen, hoffe ich, aber bleiben sie gern hier."

Er deutete auf mehrere Stühle, die in dem hellen, freundlichen Raum, der so gar nicht wie ein

Krankenzimmer wirkte, standen.

Nachdem alle Platz genommen hatten, sagte Frank Petermann: „Ich vermute, sie wollen die Geschehnisse des gestrigen Abends hören?"

Seine Stimme war klar und kräftig. „Nadja, also Frau Kostiak, hat den ganzen Abend eine Menge an Alkohol getrunken und irgendwann begann sie zu stänkern, machte seltsame Bemerkungen, besonders hatte sie es auf Dieter Fröschel abgesehen. Aber das war schon in der Schulzeit so. Dieter war immer der schüchterne Außenseiter. Er hatte immer etwas für Katherina geschwärmt, aber die ist ja dann mit ihren Eltern in die USA ausgewandert."

Mike spürte, wie Doktor Feigler ihm einen Blick zuwarf.

„Jedenfalls", fuhr Petermann fort. „Nadja ist zur Toilette gegangen. Dieter war so aufgebracht, eigentlich auch untypisch für ihn. Vielleicht hatte er zu viel getrunken, jedenfalls giftete er mich plötzlich auch an. Katherina hat das dann beendet und ihm gesagt, er solle sich ebenfalls etwas frischmachen gehen. Sicher hat sie das gesagt in der Hoffnung, er würde sich beruhigen. Ich bin wieder zu meinem Tisch gegangen, der den Nassräumen am nächsten lag. Da habe ich einen Schuss gehört."

Marianne richtete sich etwas auf. „Woher wussten sie, dass es ein Schuss war? Die anderen Zeugen dachten, in der Küche wäre etwas heruntergefallen."

Der Chirurg lächelte. „Frau Kommissarin, ich war Armeearzt. Ich weiß, wie sich ein Schuss anhört."

Mike nickte, um ihm anzudeuten, fortzufahren.

„Ich bin zur Toilette gelaufen. Die Tür zum Waschraum der Damen war nur angelehnt, ich habe sie aufgestoßen und da lag Nadja. Ich habe jede Menge Blut gesehen und sofort in den Ersten Hilfe Modus geschaltet."

Er unterbrach sich kurz und nahm ein Wasserglas von seinem Nachttisch. Nachdem er getrunken hatte, lehnte er sich wieder zurück.

„Da stand plötzlich Dieter, ich weiß nicht mehr, ob er aus einer der Toiletten kam oder hinter der Tür stand. Er hatte diese Pistole in der Hand und ich dachte nur eins, ich muss sie ihm wegnehmen. Das ich Nadja nicht mehr helfen konnte, sah ich erst jetzt. Es fehlte ja ihre gesamte Gesichtshälfte. Ich habe mich also auf Dieter gestürzt, aber der war stärker als ich dachte. Vielleicht war ich auch einfach nur perplex, jedenfalls hat er plötzlich abgedrückt. Ich spürte nur noch einen heißen Schmerz, kippte um und sah, dass er mich am Oberschenkel getroffen hatte. Dann muss ich geschrien haben, jedenfalls stand dann plötzlich Katherina in dem Waschraum."

Er zuckte hilflos die Schultern und griff wieder nach dem Glas. Dabei zitterte seine Hand.

„Wollen wir das Gespräch beenden?", fragte Doktor Feigler, der das sehr wohl beobachtet hatte.

Petermann schüttelte energisch den Kopf. „Nein."

Er sah Mike an. „Über Katherina wurde erzählt das sie mit einem Kriminalbeamten verheiratet ist, sind sie das?"

Als dieser nickte, stieß Frank Petermann die Luft aus. „Ich hätte ja nie gedacht, dass dieser Wahnsinnige Katherina als Geisel nimmt und droht, sie zu erschießen."

Er schluckte hörbar. „Und ich habe mich noch so danebenbenommen und sie angebrüllt, ob sie als FBI Agentin nicht endlich mal was machen will oder so ähnlich." Er sah Mike intensiv an. „Bitte, Herr Hauptkommissar, sagen sie ihr, dass es mir unendlich leidtut, so die Fassung verloren zu haben, ich…"

„Sie waren gerade angeschossen worden und in einer Ausnahmesituation", warf hier Doktor Feigler ein, aber Frank Petermann schüttelte den Kopf.

„Nein, das entschuldigt nicht. Ich bin nur froh, dass ihr nichts passiert ist. Ich hätte es mir nie verzeihen können, wenn das die letzten Worte von mir an sie gewesen wären."

Es war deutlich, wie sehr sich Petermann aufregte.

„Ich werde es ihr sagen und wie ich Kate kenne, ist sie nicht nachtragend", beeilte sich Mike zu sagen.

Petermann nickte zögerlich. „Also gut. Naja, jedenfalls kam plötzlich Martina. Ich weiß nicht, wie sie jetzt heißt, früher hieß sie Heinze. Sie hat jedenfalls geschrien und dann hat Fröschel Katherina gepackt und ist mit ihr raus. Ich habe dann noch einen Schuss gehört und hatte Angst, das Dieter jetzt komplett durchdreht und alle erschießt. Nach einer Weile kam aber Susanne Eberhard mit sauberen Stoffservietten und verband mich notdürftig. Sie erzählte mir auch, was gerade vorn passiert war und das Katherina

Dieter davon überzeugt hatte, sie, also Susanne, zu mir zu schicken. Sie hat mir dann auch in eine der Nasszellen geholfen und dort haben wir uns verbarrikadiert. Dort haben wir ausgeharrt, bis das Sondereinsatzkommando kam."

Er griff wieder zu seinem Wasserglas. Das Zittern war jetzt stärker geworden.

Mike spürte Doktor Feiglers Blick auf sich und erhob sich. „Danke. Das war es unsererseits. Vielen Dank, dass sie der Befragung zugestimmt haben."

Petermann winkte ab. „Das ist doch selbstverständlich", sagte er.

Als sie vor die Tür getreten waren, sah der Psychiater sie an. „War es das wirklich?", fragte er.

Mike sah zu Marianne, dann nickte er.

„Alles was er uns eben sagte, wurde so von Kate als auch von Frau Eberhard und auch anderen Zeugen bestätigt."

Doktor Feigler nickte. „Dann haben sie diesen Fall ja innerhalb kürzester Zeit gelöst. Respekt."

Er reichte den beiden Beamten die Hand und ging dann zum Ausgang. Als Mike sich umdrehte, sah er Marianne an, die dem Psychiater nachdenklich nachsah. „Was ist?", fragte er.

Diese zuckte die Schultern. „Ich hatte nur für einen Augenblick das Gefühl, als glaube er nicht so recht daran, dass wir schon am Ende sind."

Als Mike sie irritiert ansah, hob sie die Hand. „Lass es. Komm, wir gehen."

Kapitel 8

Kate stand vor dem Haus von Michaela Heimat und zögerte eine Weile. In der Auffahrt stand der Mini-Cooper von Abby. Vielleicht war der Zeitpunkt doch ungünstig? Aber wann war er günstig? Entschlossen drückte sie auf die Klingel.

Kurz darauf riss Abby die Tür auf und fiel Kate um den Hals. „Ich freue mich so, dich zu sehen", sagte sie und löste sich wieder von ihr.

Kate lächelte sie an und spähte etwas an ihr vorbei. „Ist deine Ma zu Hause?"

Abby nickte und deutete nach innen.

„Oder hat sie Besuch?"

Abby grinste etwas. „Naja, sie befindet sich in Gesellschaft von Mister Johnnie Walker. Also, du störst nicht."

Kate zog leicht die Augenbrauen hoch. Das Michi sich bereits vor dem Mittagessen hochprozentiges einverleibte, war selbst für sie ungewöhnlich. Wein, okay, aber Scotch? Sie folgte Abby ins Wohnzimmer. Dort saß Michi in einem Morgenmantel aus hellgrauem Satin und hatte eine Flasche Johnnie Walker Blue Label vor sich stehen, daneben ein silbernes Gefäß mit Eis und sie führte gerade ein Glas an die Lippen.

„Kate, ich würde ja sagen, trink mit mir auf unsere Wiederauferstehung. Aber ich weiß ja, dass du es eh ablehnst. Also was solls. Setz dich."

Ihre Stimme war erstaunlich klar und fest, obwohl

die Flasche fast zu Hälfte geleert war. Kate setzte sich und Abby stellte ihr ein Glas Mineralwasser auf den Tisch.

„Dann lass ich euch mal allein", sagte sie und schloss die Tür hinter sich.

„Glaubst du wirklich, das hilft?", fragte Kate, als Michi das leere Glas abstellte und erneut zur Flasche griff. Diese sah sie an, stellte die Flasche unsanft zurück auf den Tisch und lehnte sich in die hellen Polster des Sessels.

„Nein", sagte sie schließlich leise. „Nein, das glaube ich nicht. Aber es macht es erträglicher."

Sie musterte Kate eine Weile. „Wie kannst du das nüchtern nur aushalten?", murmelte sie.

Kate griff über den Tisch und zog die Flasche zu sich heran. Im Gegenzug schob sie ihr Glas Mineralwasser zu Michi hin.

„Ich brauche dich nüchtern, Michaela", sagte sie in einem Ton, der diese aufhorchen ließ.

Schließlich nickte Michi und trank das Glas auf einen Zug leer. „Ich bin nicht betrunken", sagte sie und lehnte sich zurück. „Also?"

Auffordernd sah sie Kate an.

„Was weißt du über Petra Zimmermann?"

Michi Heimat starrte sie an, als habe sie komplett den Verstand verloren. „Was?", fragte sie, als habe sie sich verhört.

„Du hast mich schon richtig verstanden. Petra Zimmermann, unsere verschwundene Klassenkameradin. Du hast doch Frau Zimmermann erzählt, dass ich

wieder hier in Plauen bin und was ich mache. Sie war
bei mir."

Michaela stand auf, raffte ihren Morgenmantel zusammen und ging zur Tür. „Abby? Machst du uns
bitte zwei Kaffee, aber ordentlichen", rief sie in den
Flur.

Dann ging sie zurück ins Wohnzimmer und setzte
sich wieder Kate gegenüber. „Und jetzt sagst du mir,
warum du das gerade jetzt von Petra wissen willst?"

Omar starrte gemeinsam mit Karsten Windisch auf den Bildschirm von dessen Computer. „Also, der Täter stand hinter Nadja Kostiak und hat die Waffe praktisch direkt an ihrem Kopf abgedrückt."

Er zeichnete die Flugbahn nach. Der Rechtsmediziner nickte. „Ja, so war es."

Karsten nickte. „Das sieht wie eine regelrechte Hinrichtung aus."

Zustimmend brummte Omar. „Da gehört schon eine Menge Kaltblütigkeit dazu", murmelte er.

In diesem Moment betrat Mike den Raum.

„Hier steckt ihr", sagte er und sah auf den Bildschirm. „Ich dachte, soweit wäre alles klar?"

Der Leiter der Spurensicherung ließ sich in seinem Stuhl zurückfallen. „Ich habe mich nochmals mit O-mar kurzgeschlossen, weil ich mir über eine Sache nicht ganz im Klaren bin." Er deutete wieder auf den Bildschirm, der einen Grundriss des Waschraumes darstellte, in dem Nadja Kostiak erschossen und Frank Petermann verwundet worden war.

Durch eine gute Simulation waren die Personen in die Grafik eingefügt worden, sodass Karsten den Tatverlauf immer und immer wieder aus verschiedenen Perspektiven nachstellen konnte. Jetzt war auch die Person des Täters in der Grafik zusehen, wie er Nadja Kostiak erschoss.

„Also, von der Größe her stimmt es mit Dieter Fröschel überein", sagte er gedehnt.

„Aber?", fragte Mike.

Jetzt ließ Karsten den Avatar von Peter Zimmermann

im Waschraum erscheinen. Er geht um Dieter Fröschels Avatar herum in die Ecke des Waschraumes,
als dieser auf ihn zugeht und ihn aus nächster Nähe
ins Bein schießt. Schließlich fror das Bild ein.

Dann sah Karsten Mike an. „Verstehst du es jetzt?"
Dieser nickte zögerlich. „Bist du dir sicher, dass es
sich so abgespielt hat?", fragte er nach.

Der Leiter der Spurensicherung hob beide Hände.
„Das ist die Spurenlage."

Mike nickte langsam und sah Omar an.

„Petermann hört den Schuss und rennt in den
Waschraum. Dort hat gerade Fröschel Nadja Kostiak
eiskalt von hinten erschossen. Und er geht an ihm
vorbei?"

Omar starrte wieder auf den Bildschirm. „Lass noch
mal laufen", forderte er Karsten Windisch auf, der
dem nachkam.

„Stopp", sagte er plötzlich.

Der Bildschirm fror wieder ein. „Vielleicht wollte er
sehen, ob er Nadja noch helfen kann?", fragte Mike
zögerlich, aber Omar zog seine dichten Brauen nach
oben. „Als Arzt? Also, wenn er nicht gesehen hat,
dass da nichts mehr zu machen ist, wenn die Hälfte
des Gesichtes weggeschossen ist, dann zweifle ich an
seiner Kompetenz als Chirurg."

Mike sah Omar eindringlich an. „Was hättest du getan?"

Der lächelte etwas. „Ehrlich? Die Beine in die Hand
genommen und weggerannt, noch ehe Fröschel reagiert hätte."

„Petra hatte sich verändert. Es war ein schleichender Prozess", begann Michi zögerlich, nachdem Abby sie und Kate mit einer Kanne Kaffee versorgt hatte.

„Sie hat abgenommen, trug die Haare moderner, gab sich in der Schule noch mehr Mühe als bisher. Dabei war ja ihre Mutter so krank, wir erfuhren erst nach einer Weile das sie MS hat, und das mit richtigen heftigen Schüben. Also hatte sie auch noch den gesamten Haushalt zu versorgen und die Fahrschule machte sie auch. Dafür habe ich sie bewundert, wirklich."

„Glaubst du, sie war verliebt?", fragte Kate und Michi sah sie nachdenklich an, während sie sich die dritte Tasse Kaffee eingoss.

„Schon möglich. Naja, für uns war sie immer so eine kleine graue Maus. Natürlich ist uns auch aufgefallen, dass sie jetzt hübscher aussah, aber…"

„An dich oder Nadja kam sie nicht heran", ergänzte Kate und Michi errötete etwas. „Wie kommst du denn darauf?", fragte sie zurück.

Kate lächelte. „Ich bin zwar mit 15 weg, aber das war doch da auch schon so."

Michi lächelte auch. „Naja, du weißt doch wie die Weiber in diesem Alter sind."

Dann wurde sie ernst. „Aber wenn Petra verliebt war, dann hat sie es wirklich geheim gehalten. Also ich wusste nichts. Naja, und dann kam diese Drogengeschichte. Es waren Drogen gefunden worden, ein bisschen Gras, nichts Weltbewegendes, aber wir standen kurz vor den Prüfungen und wenn man den oder diejenigen erwischt hätte, wären sie wohl von der Penne geflogen. Es stand auch der Vorwurf im Raum, das jemand damit dealte. Du kanntest doch Brockmüller, unseren Direx. Mit dem war da nicht zu spaßen."

Kate nickte zustimmend. „Aber wie kamen die auf Petra?"

Michi zuckte die Schultern. „Gar nicht. Es gab Befragungen und sie hat es schließlich zugegeben. Naja, und weil ihr verstorbener Vater mit dem neuen Stadtschulrat, auf dessen Tisch das landete, befreundet gewesen und weil ihre Mutter so krank war, jedenfalls hat man das so durch den Buschfunk gesagt, ist die Sache mehr oder minder im Sande verlaufen. Petra erhielt einen strengen Verweis und damit war die Sache vorbei."

Kate lehnte sich zurück. „Und was hat sie selbst dazu gesagt?"

„Nichts", sagte Michi lakonisch. „Gar nichts. Aber dann war sie plötzlich verschwunden. Erst haben wir das gar nicht mitbekommen, weil wir dachten, ihrer Mutter geht es vielleicht wieder schlechter. Aber plötzlich kam die Polizei in die Schule und befragte uns."

Sie wechselte einen Blick mit Kate. „Weißt du, aus heutiger Sicht würde ich sagen, war das alles reichlich...halbherzig. Ich denke, die Polizei war davon überzeugt, dass Petra irgendwo in den Westen abgetaucht war. Das war doch damals diese wilde Zeit."

Kate nickte langsam. „Was habt ihr geglaubt?"

Michi setzte sich etwas zurück und warf einen Blick

aus dem tiefen Glasfenster in Richtung Garten.

„Es gab einige Spekulationen. Also die Jungs waren schon der Meinung sie ist irgendwo in Hamburg oder Berlin. Und wir? Wir konnten es uns nicht so richtig vorstellen, dass Petra ihre kranke Mutter allein lässt. Frau Zimmermann kam auch noch ein paar Mal in die Schule und hat mit uns gesprochen. Aber dann gingen die Prüfungen los…"

Sie zuckte hilflos die Schultern.

Dann sah sie Kate lange an. „Glaubst du wirklich, die ganze Sache gestern hat irgendetwas mit Petra zu tun?"

Kate dachte nach. Wieviel konnte sie Michi sagen? Dann faste sie einen Entschluss. „Weißt du, was die letzten Worte von Dieter an mich waren? Petra ist das Alpha und das Omega."

Kate sah, wie Michi die Kinnlade herunterklappte.

Mike starrte noch immer auf den Bildschirm.

„Gut", sagte er gedehnt. „Er will also schauen, ob Nadja Kostiak wirklich tot ist oder er noch etwas für sie tun kann." Er hörte Omars Schnauben, ignorierte es aber. „Er geht an Fröschel vorbei, der ihn mit der Waffe bedroht."

Karsten nickte langsam.

Mike deutete wieder auf den Bildschirm. „Also, so hat er es uns geschildert. Fröschel hatte ihn angegriffen, als er ihm die Waffe entwenden wollte. Sie kämpften miteinander. Petermann ging zu Boden und Fröschel schoss."

Karsten zeigte wieder auf die Simulation. „Aber nicht von oben. Auch Fröschel muss gekniet haben, schau dir den Schusswinkel an. Er kniete unmittelbar neben Petermann als er schoss."

Omar hatte sich erhoben und lief in dem engen Büro von Karsten Windisch auf und ab.

„Warum hat Fröschel zugelassen, dass Petermann ihn angreift? Warum kämpfte er mit ihm? Er hätte ihn gleich abknallen können, aus und vorbei."

Mike hob die Hand. „Das hat er uns gesagt, er habe sofort in den Erste Hilfe Modus umgeschaltet, um Nadja Kostiak zu helfen. Als er sah, dass sie tot war, stand plötzlich Fröschel neben ihm. Er wollte ihm die Waffe abnehmen, dabei sind sie dann zu Boden gegangen."

Omar verzog spöttisch sein Gesicht. „Mein Gott, der Chirurg Doktor Petermann als Held. Noch ein Klischee mehr."

Mike sah zu ihm hin. „Kann es sein, dass du Chirurgen nicht leiden kannst?"

Dieser lachte auf. „Per se schon, aber diesen Petermann nicht." Jetzt hatte er Mikes Aufmerksamkeit. „Du kennst Frank Petermann?"

Omar schüttelte den Kopf. „Kennen ist zu viel gesagt, also privat, meine ich. Ich habe ihn ein paar Mal bei medizinischen Kongressen getroffen. Sein Ego ist sehr ausgeprägt und er kann sich hervorragend verkaufen. Weißt du, dass er für die neue leitende Chefarztstelle der chirurgischen Klinik an der Paracelsus Klinik vorgesehen ist? Es gab eine Reihe von Bewerbern, wirklich tüchtige Kollegen. Aber er hat den Zuschlag bekommen." Omar setzte sich wieder und trommelte mit den Fingerspitzen auf die Tischplatte. Dann sah er Mike an. „Was ich damit sagen will, zu ihm passt diese Rolle des selbstlosen Helfers oder des Kämpfers nicht."

Mike dachte eine Weile über das Gehörte nach. Er würde noch einmal mit Doktor Petermann sprechen, ob es dem leitenden Oberarzt der Privatstation passte oder nicht. Vielleicht gab es eine ganz einfache Erklärung für die Situation. Schließlich erhob er sich. Er sah Omar eine Weile schweigend an. „Wir wissen nicht, wie jemand in einer Ausnahmesituation reagiert", sagte er schließlich.

Auf den Gesichtszügen des Rechtsmediziners breitete sich ein spöttisches Grinsen aus. „Ein Egomane wird auch in einer Ausnahmesituation nicht zum selbstlosen Helden, glaub mir", sagte er.

Wie Mike vorausgesehen hatte, wurden er und Marianne auch heute nicht gerade begeistert auf der Privatstation des Klinikums empfangen. Allerdings war es nicht Oberarzt Doktor Kreisel, der sie dieses Mal empfing, sondern die Stationsschwester Marina. Diese schaute sie sogar noch grimmiger an, als es der Oberarzt getan hatte.

„Können sie Herrn Doktor Petermann nicht in Ruhe lassen? Der arme Mann hat nun wirklich schon genug erlebt. Er braucht Ruhe, das hat übrigens auch Herr Doktor Feigler gesagt, sein behandelnder Psychiater", versuchte sie ihren letzten Trumpf auszuspielen.

Marianne lächelte sie freundlich an. „Natürlich. Würden sie dann bitte Herrn Doktor Feigler anrufen und ihm sagen, dass wir hier sind und nur einige wenige Fragen an seinen Patienten haben?"

Ein überaus grimmiger Blick traf sie, aber die Stationsschwester ruderte zurück. „Das wird gewiss nicht nötig sein, Herrn Doktor Feigler wegen einer Bagatelle zu belästigen. Ich schaue mal, ob Herr Doktor Petermann sie empfangen kann." Damit ging sie energischen Schrittes davon.

„Ob Schreckschraube hier schon zwingend in der Stellenbeschreibung steht?", murmelte Mike, als er der Davoneilenden nachsah.

Marianne grinste. „Naja, bei manchen Besuchern mag das durchaus angebracht sein."

In diesem Moment erschien Schwester Marina wieder. „Bitte, sie können jetzt. Aber nur ein paar

Minuten. Herr Doktor Petermann ist noch sehr erschöpft."

Wirklich wirkte Frank Petermann noch blass und abgespannt, lächelte aber den beiden Beamten freundlich entgegen. Mike und Marianne nahmen, auf seine Aufforderung hin, Platz.

„Was kann ich noch für sie tun?", fragte er.

„Herr Doktor Petermann, es gibt noch ein paar Unklarheiten bezüglich des Ablaufs im Waschraum der Toilette im Kaffeehaus", begann Mike.

Der Arzt setzte sich aufrecht hin, wobei er sein Bein, das noch immer auf der Schiene lag, vorsichtig mit beiden Händen bewegte. Dann sah er von Mike zu Marianne und zurück. „Ich muss gestehen, dass auch mich diese Ereignisse nicht loslassen. Sie bewegen mich Tag und Nacht. Immer wieder sehe ich die Bilder vor mir, szenenhaft, aber nie als Ganzes. Kollege Feigler sagte mir, das wäre normal und durch das psychische Trauma bedingt, aber…"

Er machte eine hilflose Geste mit beiden Händen.

„Das ausgerechnet mir das passiert, kann ich nur schwer akzeptieren."

Er versuchte sich an einem Lächeln, was ihm allerdings misslang.

Marianne nickte und Mike wusste, dass er sich jetzt zurückhalten würde. Das war Marianne Jägers Einsatz.

„Das ist nur zu verständlich, Herr Doktor Petermann", sagte sie sanft. „Nur noch ein, zwei Fragen."

Dieser nickte zustimmend, scheinbar froh, dass die

mütterliche Kommissarin jetzt die Befragung übernahm. „Meine erste Frage, haben sie nicht bereits an der Tür gesehen, dass Nadja Kostiak nicht mehr zu helfen war? Ich meine, das halbe Gesicht war ja weggeschossen?"

Der Arzt nickte langsam. „Ich verstehe sie, Frau Kommissarin. Das mag für einen Laien unprofessionell erscheinen." Er machte eine beschwichtigende Geste, als Marianne abwehren wollte. „Doch, Frau Kommissarin, so wird ihnen das vorgekommen sein. Aber ich war Armeearzt, in Afghanistan, wenn auch nur kurz. Ich habe Soldaten gesehen, die mit solchen Schussverletzungen noch gelebt haben. Ich musste mich also davon überzeugen, ob ich nicht doch noch etwas für Nadja hätte tun können."

Marianne nickte jetzt verstehend. Daraufhin lehnte sich Petermann zurück und Mike, der ihn beobachtete, glaubte so etwas wie Selbstgefälligkeit in seinen Zügen aufblitzen zu sehen. Das würde gut zu Omars Beschreibung, seinen Charakter betreffend, passen.

„Noch eine zweite Frage, Herr Doktor Petermann und dann lassen wir sie in Ruhe", sagte Marianne jetzt und der Angesprochene lächelte etwas.

„Aber natürlich, Frau Kommissarin. Sie müssen schließlich auch ihre Arbeit machen und dazu gehört, alle Details an diesem furchtbaren Mord an Nadja und auch Dieters tragisches Ende, das ich trotz allem sehr bedauere, aufzuklären."

„Na, das ist ja jetzt ziemlich dick aufgetragen", dachte Mike, nickte aber zustimmend, als er

91

Petermanns Blick auf sich spürte. „Warum haben sie versucht, Herrn Fröschel die Waffe zu entreißen? Wäre es nicht besser gewesen, sie wären geflohen, nachdem sie feststellen mussten, dass Frau Kostiak tot war?"

Marianne hatte diese Fragen wieder in ihrer unnach-ahmlich empathischen Art formuliert.

Der Chirurg sah sie eindringlich an. „Tja, Frau Kom-missarin, im Nachhinein erscheint mir das auch ver-rückt. Aber ehrlich? Ich kann mich gar nicht mehr richtig daran erinnern. Ich weiß nur wieder, wie ich mit Dieter gerungen habe und dann ging die Waffe los." Er schluckte und schloss die Augen.

Marianne warf Mike einen Blick zu. Dann erhob sie sich. „Das war es schon, Herr Doktor Petermann. Weiterhin gute Besserung für sie."

Dieser öffnete wieder die Augen und lächelte Mari-anne an. „Danke. Es tut mir sehr leid, dass ich ihnen nicht wirklich weiterhelfen konnte."

Auch Mike erhob sich und verabschiedete sich.

Draußen vor der Tür sah er Marianne an. „Und? Was denkst du?"

Sie zuckte die Achseln, während sie in Richtung Fahrstuhl gingen. „Ob er sich wirklich nicht erinnert oder doch, keine Ahnung. Der Einzige, der es uns sa-gen könnte, ist tot."

Im Fahrstuhl drückte Mike auf EG und lehnte sich gegen die Wand.

„Gebhardt will, dass wir den Fall schnellstens ab-schließen. Scheinbar sitzen ihm wieder die Medien im Nacken."

Marianne nickte. „Ja, die sozialen Netzwerke über-
bieten sich mal wieder mit Spekulationen."

Mike winkte ab. „Das übliche also. Aber Omar hat
ein komisches Gefühl und langsam schließe ich mich
ihm an."

Als Mike nach Hause kam, roch er bereits im Hausflur den wunderbaren Duft von Gebratenem. Als er in Richtung Küche ging, kam ihm gerade Omar mit einer Platte entgegen, die er ins Esszimmer trug.

„Geh schon rein, mein Lieber", sagte er.

Verdutzt kam Mike der Aufforderung nach. Kate, Jasmin, Marianne, Karsten Windisch, Matthew „Matt" Fisher, Steven Neubauer, Abby und Chris Töpfer saßen um den großen Tisch herum, während in zwei Babyschaukeln Omar und Jasmins Zwillinge friedlich schliefen.

„Was ist denn hier los?", fragte Mike und Omar deutete mit einem Kopfnicken auf den freien Stuhl neben Kate. „Erst wird gegessen", sagte der bestimmt und schulterzuckend kam Mike der Aufforderung nach. Nachdem er Kate einen Kuss gegen hatte, sagte er: „Ich habe den Eindruck, die Familie Weidner-Amri bestimmt gerade ziemlich über unser Leben."

Alle Anwesenden lachten und Omar stellte die Platte direkt vor Mike ab, die einzigartige Gerüche der arabischen Küche in Windeseile im gesamten Raum verbreitete. „Darf ich noch mal fragen…"

„Nein", donnerte Omar gespielt streng. „Erst wird gegessen bei einer leichten Konversation und dann ruft die Arbeit."

Mike zuckte die Schultern und griff zu, während Kate grinste. Er zwinkerte mit einem verschmitzten Lächeln zurück. „Aha", sagte er vieldeutig. Insgeheim war er froh, dass sich wie immer alle um Kate kümmerten, wenn es Not tat und sie auch jetzt von

ihren Gedanken ablenkten. Andererseits war Omars
Andeutung, nachher noch zu arbeiten, ein Rätsel für
ihn. Erst einmal griff er beherzt zu, zumal Omars Essen wie immer erstklassisch war.

Die Unterhaltung drehte sich um die Zwillinge
Emma und Franz, um Abbys Studium, wie sich Matt
in Deutschland eingelebt hatte. Kein Wort von den
Ereignissen der vergangenen Woche.

Schließlich verkündete Omar. „Ich serviere den Tee
im Wohnzimmer."

Matt hatte behutsam eine der Babyschaukeln genommen, während Mike die andere nahm und, ohne dass
die Zwillinge wach wurden, trugen sie sie ins Wohnzimmer.

„Die zwei Mäuse haben ja einen gesunden Schlaf",
sagte Chris kopfschüttelnd.

Jasmin lachte. „Die schlafen sich aus für heute
Nacht."

Im Wohnzimmer war ein Flipchart aufgebaut, Zettel
und Stifte lagen bereit. Nachdem alle Platz genommen und Omar, wie versprochen, Tee und Gebäck
serviert hatte, sah dieser auf Kate.

Diese räusperte sich und stand auf. „Also", sagte sie
etwas gedehnt. „Ich habe einen Vermisstenfall zu klären und möchte euch alle um ein Brainstorming bitten."

Sie bemerkte Mikes Blick und lächelte kurz zu ihm
hin. „Auch wenn ihr euren Fall", sie malte Gänsefüßchen in die Luft, „so gut wie abgeschlossen habt, gibt
es noch einen Parallelfall oder er ist die Lösung zu

allem." Sie räusperte sich noch einmal. „Die letzten Worte von Dieter Fröschel an mich waren *Petra ist das Alpha und das Omega*. Außerdem hat mich Helga Zimmermann, die Mutter von Petra beauftragt, sie zu finden. Es ist also mein Fall."

Mike schüttelte etwas den Kopf und sah Omar strafend an. Dieser hatte scheinbar alles gewusst und Kate noch ermuntert, hier in dieser Runde zusammenzukommen. Andererseits, nun ja, der Fall Fröschel war nach Spurenlage so gut wie abgeschlossen. Es sprach nichts dafür, dass sich nicht alles so abgespielt hatte, wie es die Zeugen aussagten. Auch wenn bei ihm und ebenso bei Marianne im Falle von Doktor Frank Petermann ein ungutes Gefühl zurückgeblieben war. Sympathie oder Antipathie waren nicht ausschlaggebend für eine solide Ermittlung.

Wenn aber Kate eigene Ermittlungen in einer Vermisstensache anstellte, so war das ihre Sache.

Kate hatte sich an den Flipchart gestellt, während sie alle über ihre bisherigen Ergebnisse informierte.

Steven, seinen Laptop auf dem Schoß aufgeklappt, hob den Kopf. „Du hast gesagt, dieser Doktor Petermann habe Petra in den 90-ziger Jahren in München getroffen?"

Als Kate das bestätigte, zuckte er die Schultern.

„Also gemeldet war sie zumindest nirgends, was nichts heißen will. Auf alle Fälle sollten wir diese Spur verfolgen."

Kate schrieb es an den Flipchart.

„Was ist mit dieser Drogengeschichte?", wandte jetzt

Jasmin ein.

Jetzt richtete sich auch Mike auf. „Lebt denn dieser Stadtschulrat noch, der, der das damals sozusagen unter den Teppich gekehrt hat?"

Kate sah zu ihm hin und hob einen Daumen. „Tolle Idee", sagte sie und Mike zuckte die Schultern.

„Naja, nur eine gute Bekanntschaft mit dem verstorbenen Vater, ich weiß nicht."

Er sah, wie Stevens Finger bereits wieder geradezu lautlos über die Tasten glitten. „Das war damals ein Doktor Hans-Georg Winter. Und wir haben Glück, er lebt noch und wohnt am Eichhäuschen."

Kate hatte es sofort angeschrieben. Jetzt sah Karsten Windisch auf. Sein Blick streifte Marianne, dann Mike und schließlich Kate.

„Dieter Fröschel hat vor diesem Satz, also Petra Zimmermann betreffen, noch etwas zu dir gesagt."

Sie schluckte und nickte dann. „Ja. Er habe Nadja nicht erschossen."

Sie sah, wie sowohl Steven als auch Jasmin die Luft einsogen.

Karsten nickte langsam. „Auch wenn die Spurenlage etwas anderes sagt, spielen wir doch mal das Szenario durch, es wäre so gewesen."

Mike schüttelte den Kopf. „Komm schon Karsten, das ist doch reine Spekulation. Wenn etwas wäre, dann hättest du es doch mit deinen Leuten gefunden."

Karsten winkte ab. „Für einen geschlossenen Raum war die Spurenlage chaotisch. Das SEK ist durchgetrampelt, natürlich die Rettungssanitäter einschließlich Notarzt und dann ist es immerhin eine Toilette inklusive Waschraum, der vorher schon von Dutzenden frequentiert wurde. Das Einzige, was ich sicher sagen kann, ist, dass Nadja Kostiaks Leiche nicht bewegt worden ist. Sie wurde definitiv dort erschossen."

Mike lehnte sich zurück. „Ihr glaubt allen Ernstes, das A Dieter Fröschel nicht der Täter ist und B alles mit dieser Petra Zimmermann, die seit fast dreißig Jahren verschwunden ist, zusammenhängt?"

Kate sah, dass sich Mike nur mit Mühe zurückhielt, ihnen einen Vogel zu zeigen. Stattdessen schüttelte er nur den Kopf.

„Aber warum sollte er es denn dann gesagt haben?", fragte Kate.

Mike sah sie an. „Damit er heil aus der Sache rauskommt, was denn sonst."

Jetzt war es Kate, die den Kopf schüttelte. „Ihr habt einen Denkfehler, Mike. Dieter wusste, dass er nicht mehr lebend aus der Sache rauskommt."

Mike schraubte die Augen nach oben und sah Marianne hilfesuchend an, die bisher geschwiegen hatte.

„Jetzt sag nur noch, er wollte sich mit Absicht erschießen lassen.?" Er konnte sich einen zynischen Unterton nicht verkneifen.

Omar schenkte sich gerade noch einen Tee nach und sah zu Mike hin. „Bei seinem Befund? Ja, diese Idee ist mir durchaus gekommen. Er hatte ja schon Ausfallserscheinungen, das Zittern, was Kate erwähnte, dieses wie weggetreten erscheinen. Alle haben es auf den Alkoholkonsum geschoben, aber er hatte nicht mal 0,5 Promille."

Mike schnappte hörbar nach Luft. „Jetzt fang du nicht auch noch an."

Matt Fisher beugte sich etwas nach vorn und fixierte Mike mit seinem Blick. „Wenn ich etwas einwenden darf", sagte er leise und respektvoll wie immer.

Als Mike mehr widerwillig nickte, straffte der Ex-Marine seinen Oberkörper. „Ich habe den Einsatz am Monitor mitverfolgt. Fröschel hatte wirklich die Pistole so gehalten, als wolle er Kate erschießen…"

„Ha", unterbrach ihn Mike und ließ seine Faust auf die Lehne seines Sessels sausen. „Na bitte, da haben wir den Beweis."

Matt räusperte sich. „Ich war noch nicht fertig. Für das SEK vor Ort musste es so aussehen, als wolle er auf Kate schießen. Als er sie etwas von sich stieß, mussten sie einen finalen Rettungsschuss abgeben, alles andere wäre leichtfertig gewesen. Aber Fröschel hatte im letzten Moment die Waffe gedreht. Wäre sie los gegangen, hätte Kate kein Schuss getroffen."

Im Raum war absolute Stille. Mike sah von Matt zu Karsten Windisch.

Dieser nickte. „Ja, das hat die Auswertung der Videos ergeben. Wobei das nicht relevant für den Fall ist. Die SEK-Leute haben, nach Aussagen der Untersuchungskommission, richtig gehandelt. Das Leben der Geisel hatte erste Priorität."

Omar zuckte die Schultern.

„Es war ein Suizid. Das ist meine Interpretation.

99

Daher glaube ich, seine Worte an Kate waren Abschiedsworte und somit absolut glaubhaft. Glaubst du wirklich, dass Fröschel im Angesicht seines eigenen Todes gelogen hat?"

Kapitel 9

„Wollen Sie jetzt doch anzweifeln, dass der Final-
schuss gerechtfertigt war?" Staatsanwalt Doktor Gebhardt sah Mike entrüstet an.

„Nein, natürlich nicht, Herr Staatsanwalt. Die eingeleitete Untersuchung hat zweifelsfrei die Rechtferti-
gung bestätigt."

Mike sah, dass der Staatsanwalt zumindest mit dieser
Aussage zufrieden war.

„Und warum wollen sie jetzt weiter ermitteln?"

Mike hatte sich im Vorfeld seine Worte zurechtgelegt.
Nach dem, zugegeben sehr langen Abend, den Kate
und Omar initiiert hatten, waren selbst ihm Zweifel
gekommen. Was, wenn doch etwas an Fröschels Aussage dran war? Natürlich, er hatte eine Hirnmetastase gehabt, eine falsche Interpretation der Situation
seinerseits konnte nicht einmal Omar gänzlich aus-
schließen. Aber wenn doch? Er hatte beschlossen,
Staatsanwalt Gebhardt reinen Wein einzuschenken.
Stirnrunzelnd, aber ohne ihn zu unterbrechen, hörte
der Staatsanwalt ihn an. Dann erhob sich dieser und
schritt in seinem Büro auf und ab. Schließlich blieb er
direkt vor Mike stehen.

„Ich kann nicht sagen, Herr Hauptkommissar, dass
ich ihre Methoden gut finde, besonders die Tatsache,
außerhalb des Präsidiums mit Leuten, auch wenn es
Mitarbeiter von Frau Schulz sind, darüber zu disku-
tieren."

Er hob die Hand, als Mike sich anschickte, etwas zu sagen. „Aber ich vertraue auf Frau Schulz. Sie hat sich bereits in den vergangenen Fällen als exzellente Ermittlerin erwiesen und sie verfügt über Quellen, die wir…nun ja." Er hüstelte etwas. „Jedenfalls hat sie uns im Falle der vergifteten Stollen letztes Weihnachten vor einem verhängnisvollen Justizirrtum bewahrt und den wahrhaft Schuldigen gestellt."

Er nahm seine Wanderung in dem Raum wieder auf, um schließlich vor dem Fenster stehen zu bleiben und Mike den Rücken zuzudrehen.

Schließlich lehnte er eine Hand gegen die Fensterscheibe und seufzte hörbar auf.

„Also gut, Herr Hauptkommissar. Nehmen sie die Ermittlungen auf und holen sie Frau Schulz ins Boot, natürlich nur, wenn sie sich angesichts der jüngsten Ereignisse dazu in der Lage sieht."

„Sieht sie sich. Danke, Herr Doktor Gebhardt."

Mike erhob sich und ging hinaus.

Kate hatte ihr Auto am Möbelhaus Biller geparkt und ging den steil ansteigenden Weg am Eichhäuschen hinauf. Hier standen rechts und links kleinere Häuser, weiter oben war einmal eine Geburtsklinik gewesen. In den neu errichteten Häusern wohnte der ehemalige Stadtschulrat Doktor Hans-Georg Winter.

Kate hatte sich telefonisch angemeldet und der alte Herr hatte nach einigem Zögern zugestimmt, sie zu empfangen. Auf ihr Klingeln öffnete ein sehr rüstiger, weißhaariger Endachtziger und streckte ihr die Hand entgegen.

„Frau Schulz? Katherina Schulz?"

Als sie nickte, deutete er nach innen. „Kommen sie herein. Ich kannte ihren Vater, Herrn Professor Doktor Schulz. Ein sehr fähiger Chirurg und Wissenschaftler. Kein Wunder, das die Amis ihn abgeworben haben."

In dem gemütlich eingerichteten Wohnzimmer bot er Kate einen Platz an. „Ich habe mir gerade einen grünen Tee gebrüht, schließen sie sich an?"

Kate nickte. Kurz darauf saßen sie bei Tee und Ingwerplätzchen.

„Sie haben mir am Telefon gesagt, es geht um Petra Zimmermann?"

Kate nickte. „Ja, ihre Mutter hat mich beauftragt, sie zu suchen."

Der alte Herr schmunzelte etwas. „Ich habe sie natürlich angerufen und gefragt, ob das stimmt."

Jetzt lächelte auch Kate. „Gut", sagte er und wurde

ernst. „Was wollen sie wissen?"

Kate lehnte sich etwas nach vorn und sah ihn eindringlich an. „Frau Zimmermann hat mir gesagt, sie hätten damals den Rausschmiss von Petra in dieser Drogensache deshalb verhindert, weil sie deren verstorbenen Vater gut gekannt hätten?"

Der alte Herr sah sie an. „Ja, und?"

Kate atmete tief ein. „Herr Doktor Winter. Sicher kannten sie Herrn Zimmermann, vielleicht wirklich auch sehr gut. Aber jeder wusste, dass sowohl sie wie auch unser Direktor Brockmüller, bei so einem Vergehen keine Gnade gekannt haben."

Winter lachte auf. „Aber, aber, Frau Schulz. Sie tun ja, als wären wir Unmenschen gewesen."

Nachdem ihn Kate weiter, ohne eine Miene zu verziehen, ansah, seufzte er auf, schwieg aber.

Kate rutschte auf ihrem Stuhl etwas nach vorn.

„Herr Doktor Winter, bitte. Was auch immer damals vorgegangen ist, es ist doch längst verjährt."

Der alte Herr sah sie aufmerksam an. „Sie lassen keine Ruhe, nicht wahr?"

Sie schüttelte den Kopf. Er schenkte sich, betont langsam, noch eine Tasse Tee ein, trank einen Schluck und stellte die Tasse auf den Tisch zurück.

Schließlich sah er Kate eindringlich an.

„Also gut. Es ist wahr, Helga Zimmermann wandte sich an mich, mit der Bitte, etwas für Petra zu tun. Natürlich war ich nicht sehr erfreut darüber, aber ich versprach ihr zumindest, mir die Sache anzuschauen, ohne irgendetwas versprechen zu können. Ich ließ mir also den Vorgang vorlegen und sprach auch selbst mit Petra. Dieses Gespräch war irgendwie seltsam. Sie versuchte nicht einmal sich zu verteidigen." Er griff wieder zu seiner Tasse, ließ sie aber auf der Untertasse stehen. „Wissen sie Frau Schulz, ich hatte immer mit jungen Menschen zu tun und es waren nicht immer erfreuliche Dinge. Leider auch Drogengeschichten. Aber Petra? Auch wenn ich sie schon als Kind kannte, versuchte ich ganz neutral an die Sache heranzugehen. Sie wirkte auf mich weder wie eine Drogenkonsumentin noch wie eine Dealerin. Natürlich kann man sich irren, aber…" Er nahm jetzt doch die Tasse und trank einen Schluck. Nachdem er sie zurückgestellt hatte, lehnte er sich zurück.

„Ich sprach mit Direktor Brockmüller und er bestand geradezu auf Petras Schuld. Er war keinem Argument gegenüber zugängig. Zumindest in dem ersten Gespräch. Da wollte er Petra unverzüglich der Schule verweisen. Ich war, nun ja, die Art, wie er mir das sagte und mir unbewusst unterstellte, ich würde Petra anders behandeln, weil ich ihren Vater gekannt hatte, machte mich schon wütend."

Er schmunzelte. „Damals hatte ich noch etwas mehr Temperament. Es fielen ein paar, nun ja, unschöne Worte. Jedenfalls kündigte ich eine gründliche Untersuchung der Sache an. Dazu war ich berechtigt."

Kate sah ihn aufmerksam an. „Lassen sie mich raten. Doktor Brockmüller hat zurückgerudert?"

Der alte Herr grinste etwas spitzbübisch. „Ja, nach zwei Tagen wurde er bei mir vorstellig und räumte ein, vielleicht doch etwas zu hart geurteilt zu haben. Wir einigten uns dann auf einen strengen Verweis und dem Verbleib von Petra auf der Schule."

Dann wurde Doktor Winter wieder ernst. „Kurz darauf ist sie dann verschwunden."

Kate nickte. „Was glauben sie? Was hat den Direktor veranlasst, Petra nicht von der Schule zu verweisen?"

Winter sah Kate lange an. Dann seufzte er auf, dieses Mal lauter als vorhin. „Ich mache mir heute noch Vorwürfe, der Sache damals nicht mit mehr Vehemenz nachgegangen zu sein. Ich denke, dass Petra den Kopf für jemand anders hingehalten hat. Und Direktor Brockmüller? Er war ja nicht ein bisschen dumm, und wenn mir Zweifel gekommen waren, dann ihm mit Sicherheit auch. Irgendjemand hatte da einen gewaltigen Einfluss und dem war es wichtig, dass Petra als Schuldige dastand. Ich bin heute mehr denn je davon überzeugt."

Er breitete seine Hände in Kates Richtung aus. „Aber das nützt heute leider nichts mehr."

Diese schüttelte langsam den Kopf. „Das sehe ich nicht so, Herr Doktor Winter. Ich denke, ich bin heute einen großen Schritt weiter gekommen durch ihre Ausführungen. Danke." Sie erhob sich.

Winter stand ebenfalls auf und führte Kate zur Tür. Als er ihr zum Abschied die Hand reichte, sah er sie an. „Frau Schulz. Würden sie mir mitteilen, was aus Petra geworden ist, wenn sie es herausfinden? Es wäre mir sehr wichtig."

Sie nickte. „Ja, das verspreche ich ihnen."

Kapitel 10

Als Kate nach Hause kam, hatte Mike bereits den Tisch eingedeckt.

„Indisch? ", fragte sie, nachdem sie zwei Mal eingeatmet und den typischen Duft eingesogen hatte.

Er nickte und küsste sie. „Komm. Sonst wird es kalt."

Nach dem Essen setzten sie sich in die Bibliothek. Es war Kates Lieblingsraum. Allerdings standen hier nicht mehr die Bücher ihrer Vorgänger. Die kostbaren medizinischen Fachbücher hatte sie, trotz dessen Protest, Omar geschenkt, obwohl dieser der Meinung war, sie hätte eine stattliche Summe daran verdienen können. Jetzt standen hier die Bücher, die sie und Mike interessierten, Biografien, Zeitgeschichte, einige Thriller.

Obwohl die Tage schon angenehm warm waren, die Abende waren noch frisch und Mike hatte den Kamin angeheizt, was sofort eine angenehme Gemütlichkeit verbreitete.

„Ich habe heute mit Gebhardt gesprochen", sagte dieser und nahm einen Schluck von seinem Wein.

Kate sah auf. „Und?"

„Er war einverstanden, dass ich die Ermittlungen wieder aufnehme und das auch du wieder mit im Boot bist, trotz deiner eigenen Verwicklung in diesem Fall. Scheinbar hat er Angst, es könnte ihm ein Fehler wie beim letzten Fall unterlaufen und der wahre Täter wäre fast ungeschoren davongekommen. Das könnte sich negativ auf seine Karriere auswirken."

Kate lachte auf. „Seit wann bist du denn so zynisch? Vielleicht ist er einfach überzeugt von deinen Argumenten gewesen?"

Mike wog den Kopf hin und her und schwieg. „Wie auch immer, wir sind wieder im Spiel."

Kate erzählte ihm von ihrem heutigen Gespräch mit dem ehemaligen Stadtschulrat.

„Und was denkst du?", fragte Mike.

„Das ich mit Michi reden muss, und zwar dringend."

Michaela „Michi" Heimat erwartete Kate zu Hause und dieses Mal völlig nüchtern, glaubte Kate zumindest, denn im gesamten Raum standen weder eine Flasche noch ein Glas, lediglich eine Kanne Kaffee und zwei Tassen. Daneben lag ein dicker Hefter, der schon etwas verblichen war. Nachdem sich die beiden Frauen gesetzt hatten, schlug Michi den Hefter auf.

„Also, das sind alle Unterlagen, die ich noch aus unserer Schulzeit habe. Einiges hatte ich für das Klassentreffen gebraucht."

Sie nahm eine schwarz-weiß Fotografie heraus und gab sie Kate. Diese lächelte. Es war ein Klassenfoto aus der zweiten oder dritten Klasse. Ganz rechts außen, mit ernster Miene und zwei Rattenschwänzen, stand Kate.

„Das kenne ich gar nicht", sagte sie und Michi nickte. „Das ist auch fast das einzige Foto, das ich habe, wo du mit drauf bist, außer…" Sie blätterte mehrere Bilder durch. „Außer dem hier." Es war ein Farbfoto. Wieder ein Klassenfoto und jetzt konnte Kate schon die meisten wiedererkennen. Kate trug jetzt schon eine Pagenfrisur, dazu eine Jeans und eine hellblaue Bluse. Sie tippte auf das Mädchen rechts neben sich. „Das ist Petra."

Michi schob ihre Brille von der Nasenspitze nach oben. „Ja, da war sie noch dicker und hatte lange Haare."

Plötzlich lachte sie auf. „Da schau mal, wie

schwärmerisch Dieter Fröschel dich anschaut."

Sofort wurde sie wieder ernst. „Naja, war jetzt nicht eben passend", murmelte sie.

Aber Michi hatte recht. Kate wusste, dass er immer ein bisschen für sie geschwärmt hatte, vielleicht auch, weil sich die anderen immer lustig über ihn gemacht und sie für ihn Partei ergriffen hatte.

Neben Dieter standen Frank Petermann, Markus Anders und Karlheinz Wischnewski.

Michi tippte mit dem Zeigefinger darauf. „Auch wenn sie ihn immer mal aufgezogen haben, aber später dann, da waren die vier ganz dicke zusammen. Das Kleeblatt nannten sie alle. Die haben vielleicht manchmal einen Scheiß angestellt. Frank, Frank Petermann hat sich dann manchmal etwas zurückgezogen. Ich weiß aber nicht warum."

Kate setzte sich wieder zurück und legte das Bild auf den Tisch. „Sag mal, als damals diese Drogengeschichte mit Petra war, hatte sie da einen Freund?"

Michi zuckte die Schultern. „Ich hatte dir ja schon gesagt, sie hatte sich verändert, war schlanker geworden, modebewusster. Ich bin überzeugt, es gab da schon jemand, aber wer, das kann ich dir nicht sagen."

„Mit wem war sie denn befreundet, ich meine, von den Mädels?"

Michi nahm das Foto und runzelte die Stirn. „Also wenn du mich so fragst, eigentlich mit niemand so richtig. Nadja, Silvia und ich waren immer viel zusammen, wir hatten auch so eine Lerngruppe,

obwohl." Sie lachte wieder. „Also mit lernen war da
nicht viel. Sylvia war die Schlauste, die hat uns immer mit ihrem komprimierten Wissen versorgt. Dafür kannten Nadja und ich die angesagtesten Kneipen
und Clubs im gesamten Vogtland."
Schließlich tippte sie auf ein Mädchen, das eine Art
Hippiekleid trug. „Susanne, Susanne Eberhard.
Weißt du noch, die war schon immer etwas crazy.
Aber sie war dann etwas mit Petra befreundet. Ja, sie
haben auch zusammen gelernt, also richtig gelernt,
nicht so wie wir drei."
Lächelnd schüttelte sie den Kopf und ergriff ihre Kaffeetasse. „Mein Gott, nur gut wir wussten damals
noch nicht, wie das enden wird."
Kate schob die Unterlagen etwas zur Seite und
wandte sich Michi zu. „Sag mal, warum ist Markus
Anders so auf mich losgegangen in dem Café? Ich
dachte, Dieter erschießt ihn."
Sie sah, wie Michi geradezu schauderte. „Das dachte
ich auch und uns mit dazu."
Ihre Heiterkeit von eben war verschwunden. Das tat
Kate zwar leid, aber sie musste einfach weiter kom-
men in diesem vermaledeiten Fall, der so viele lose
Enden zu haben schien.
Plötzlich zuckte eine Erinnerung durch ihr Gehirn
und sie sprang so heftig auf, dass Michi zusammen-
zuckte. „Was ist denn mit dir?", fragte diese verwirrt,
als Kate wortlos ihre Tasche ergriff und in Richtung
Tür eilte.
„Sorry, Michi, ich muss dringend los. Danke, auch

111

für den Kaffee."

Michi stand auf und ging zum Fenster. Kopfschüttelnd sah sie Kate nach, die in ihr Auto stieg und mit quietschenden Reifen davonfuhr.

„Alle sind verrückt geworden", murmelte sie und nahm eine Flasche Wein aus ihrer Hausbar.

„Erst hat Frank Petermann mich angebrüllt. *Nimm ihm die verdammte Pistole ab, ich denke, du warst beim FBI* hat er gesagt. Dann war es Markus Anders. Er hat mich auch angebrüllt, ich sei doch beim FBI gewesen und jetzt ..." Sie sah von Mike zu Marianne, die sie wortlos anstarrten. Vor einer Minute war Kate hereingestürmt, während die beiden Beamten gerade ihre weitere Vorgehensweise besprachen.

Mike räusperte sich. „Kate, auf was willst du hinaus?"

Diese holte tief Luft, als sie Marianne Jägers Hand auf ihrer Schulter spürte.

„Setz dich erst einmal hin. Willst du einen Kaffee?"

Kate sah verwirrt zu ihr hin, dann schüttelte sie den Kopf. „Nein, danke. Ich habe gerade bei Michi Heimat welchen getrunken. Dort ist mir auch dieser Zusammenhang aufgefallen, ganz plötzlich."

Sie setzte sich und breitete die Hände vor sich aus.

„Also, noch einmal", sagte sie und atmete tief ein.

„Als ich in den Waschraum kam, wo Nadja Kostiak tot lag und Frank Petermann in der Ecke hockte, da stand plötzlich Dieter Fröschel hinter mir. Er schien verwirrt, ja, das ist der richtige Ausdruck, völlig verwirrt."

Mike sah Kate an. „Du weißt aber, dass er eine Hirnmetastase hatte?"

Sie nickte. „Ja, das hat Omar ja lang und breit erläutert. Aber er schien erstaunt, mich zu sehen und als ich ihm sagte, zwei Mal sagte, er solle mir die Waffe

geben, da hatte ich den Eindruck..." Sie schüttelte den Kopf. „Nein, ich bin mir sicher, er wollte sie mir geben. Und da hat Frank mich angebrüllt."
Marianne Jäger hatte jetzt ebenfalls wieder Platz genommen und sah Kate interessiert an.

„Und als ich Dieter im Café angeboten habe, mit der Polizei zu sprechen, mit der Öffentlichkeit, zu sagen, was er sagen wollte, da ist Markus Anders so ausgetickt, ob ich das beim FBI gelernt hätte, solchen Leuten eine Fläche in der Öffentlichkeit zu bieten. Ich dachte, Dieter erschießt ihn und das dachte Michi auch."

Mike wechselte einen Blick mit Marianne. Dann sah er wieder zu Kate. „Du meinst, Petermann und Anders stecken unter einer Decke?", fragte er ungläubig.

Sie atmete wieder tief ein und nickte. „Das ist mir erst bei Michi richtig bewusst geworden. Markus Anders, Frank Petermann, Karlheinz Wischnewski und Dieter Fröschel wurden das Kleeblatt genannt. Sie müssen bis zum Abitur ganz dicke gewesen sein."

Mike schüttelte den Kopf. „Weißt du, wie lange das her ist? Kate, du verrennst dich da in etwas. Gut, wir werden die Spuren noch einmal neu bewerten, da ist Karsten und sein Team dran. Aber jetzt eine Verschwörung zu konstruieren, weil die vier einmal ziemlich beste Freunde waren..."

Er zuckte die Schultern.

Kate sah zu Marianne, die ihre Stirn in Falten gelegt hatte. Scheinbar schien sie zumindest über Kates Aussagen nachzudenken.

Diese erhob sich. „Okay", lenkte sie ein. „Ich denke noch einmal über alles nach."

Mike war ebenfalls aufgestanden und hatte seinen Arm um ihre Schulter gelegt. Er zog sie etwas an sich heran. „Kate, bitte, ruhe dich etwas aus. Sobald wir eine neue Spur haben oder dich brauchen, melde ich mich. Versprochen."

Sie sah ihn an und nickte. Mit einem flüchtigen Kuss auf die Wange verabschiedete sie sich von ihm, lächelte Marianne zu und ging. Auf dem Flur überlegte sie kurz.

Dann ging sie entschlossen nach draußen und eilte die Neundorferstraße hinunter in Richtung ihres Büros. Auch wenn Mike sie vielleicht für übergeschnappt hielt, sie war überzeugt, jetzt endlich einen Faden in diesem Gewirr gefunden zu haben.

Dieter Fröschel hatte recht gehabt, Petra Zimmermann war das Alpha und das Omega, was immer das auch konkret bedeuten sollte.

Kurz vor ihrem Büro traf sie Omar, der eben in sein Auto steigen wollte. Als er sie sah, schloss er die Wagentür und kam auf sie zu.

„Ich wollte gerade zu dir", sagte er nach einer kräftigen Umarmung. „Aber Chris hat gesagt, du wärst bei dieser Michaela Heimat."

Kate deutete die Straße hinunter. „Lass uns bei Daniel einen Kaffee trinken, dann erzähle ich dir alles."

Nachdem Daniel ihnen den Kaffee serviert hatte, hörte Omar ihr aufmerksam zu, während sie ihm fast im gleichen Wortlaut das erzählte, was sie eben Mike und Marianne dargelegt hatte.

Schweigend rührte der Pathologe seinen Kaffee um, als sie geendet hatte. „Hm", machte er und nahm einen Schluck. „Ich kann schon verstehen, dass das auf Mike etwas diffus gewirkt hat", sagte er nach einer Weile und hob die Hand, als Kate etwas entgegnen wollte. „Nein, nein. Ich finde die Situation, so wie du sie schilderst, durchaus interessant. Ich denke nur, Mike glaubt, du interpretierst hier etwas hinein, was so nicht stattgefunden hat."

Kate lehnte sich etwas zurück, nahm ihre Cappuccinotasse und führte sie zum Mund.

„Und du?", fragte sie, nachdem sie sie wieder abgestellt hatte. „Glaubst du das auch?"

Omar lächelte breit. „Wenn es so wäre, würde ich es dir sagen, auch auf die Gefahr hin, mir deinen Unwillen zuzuziehen."

Dann wurde er ernst. „Kate, ich kenne dich jetzt schon ziemlich lange und auch in sehr schwierigen Situationen hast du immer professionell reagiert. Das hat mir schon manchmal Angst gemacht, wie schnell du in diesen Modus schalten kannst."

Kate zuckte etwas verlegen die Schultern.

„Das habe ich in all den Jahren beim FBI gelernt", sagte sie leise.

Omar wog den Kopf hin und her. „Sicher hast du das. Aber es ist auch Teil deines Charakters, deiner Wesensart. Darum bist du ja auch in deinem Job so gut."

Er machte eine Geste mit der Hand. „Was ich damit

sagen will, ist, du steigerst dich nicht in irgendetwas hinein. Darum bin ich überzeugt, dass an der Darstellung der Sachlage, so wie du sie schilderst, kein Zweifel besteht. Die Frage ist nur, was haben die beiden, also dieser Anders und Petermann bezweckt?"

Kate legte ihren Kopf auf ihren aufgestützten Arm und sah Omar an. „Beide wollten verhindern, das Dieter aufgibt und oder etwas sagt, der Polizei gegenüber, mir gegenüber."

Sie stöhnte auf. „Ich merke ja selbst, wie verrückt das klingt. Sie mussten doch damit rechnen, dass er durchdreht, um sich schießt, was weiß ich."

Omar gab Daniel ein Zeichen. „Machst du uns bitte noch mal das gleiche?", rief er ihm zu.

Kate lächelte kurz. „Ich falle heute bestimmt noch ins Kaffeedelirium", sagte sie.

„Keine Angst, medizinische Hilfe ist gewährleistet", ging Omar darauf ein. Dann klopfte er auf den Tisch. „Weißt du was? Wir spinnen jetzt einfach mal drauf los. Nehmen wir an, Petermann oder Anders hätte Nadja Kostiak erschossen, müsste doch die erste Frage lauten, warum?"

Kate überlegte. „Sie, also Nadja. hat Andeutungen gemacht. Zu Dieter hat sie gesagt, sie sei mit ihm noch nicht fertig und zu Frank sagte sie *Einer nach dem anderen*."

„Hm", machte Omar wieder. „Also hat sie irgendetwas mit ihnen oder vielmehr gegen sie gehabt. Aber was?"

„Das Alpha und das Omega, Petra Zimmermann",

murmelte Kate.

Dann sah sie Omar an. „Weißt du was? Ich muss herausfinden, was damals wirklich passiert ist. Wer hinter dieser Drogengeschichte stand. Ich denke, dort ist der Anfang."

„Was hast du jetzt vor?", fragte der Pathologe.

„Ich werde mein Team ins Boot holen. Recherchen sind Stevens Sache, was er nicht findet, findet keiner. Mit Matt und Holger werde ich noch mal die ganze Tatortgeschichte durchspielen, vielleicht haben sie noch eine Idee."

Dann sah sie Omar an. „Könntest du dich noch ein bisschen besser nach Frank Petermann erkundigen?"

Dieser nickte. „Ja, ich weiß schon, wo ich da ansetzen kann."

Kate erhob sich und gab Omar einen Kuss auf die Wange.

„Danke", sagte sie, winkte Daniel zu und verließ die Kaffeerösterei.

Kapitel 11

„Wie sieht es mit diesem Doktor Brockmüller aus, eurem ehemaligen Direktor?", fragte Abby Heimat Kate. Gemeinsam mit Steven Neubauer, Chris Töpfer, Matt Fisher und Holger Ahnert saßen sie im hellen Konferenzraum von Schulz Security mit Blick auf die alte Feuerwache.

Es war bereits später Nachmittag, als endlich alle von ihren zahlreichen Verpflichtungen abkömmlich waren. Maria Sobowitsch, die wieder aus dem Urlaub zurück war, hatte belegte Brötchen und Kaffee bereitgestellt und obwohl Kate gesagt hatte, sie könne nach Hause gehen hatte sie darauf bestanden, weiterhin am Tresen zu bleiben und sich um eventuell eingehende Telefonate zu kümmern.

„Nebenbei kann ich noch ein paar Rechnungen schreiben", hatte sie lächelnd gesagt und Kate war wirklich froh, die junge Frau im Team zu haben.

„Doktor Brockmüller ist im Pflegeheim und laut seiner Tochter ziemlich dement", sagte Kate mit Bedauern in der Stimme.

Abby zuckte die Achseln. „Versuch es trotzdem. Gerade das Langzeitgedächtnis ist bei vielen Demenzkranken erstaunlich lange erhalten."

Im Pflegedienst ihrer Mutter quasi aufgewachsen, hatte Abby neben einem guten medizinischen Wissen, das ihr bei ihrem jetzigen Psychologiestudium zugutekam, auch ein ganz praktisches, pflegerisches Wissen erworben.

119

Kate nickte. „Gut, ich kann es versuchen."

Steven hatte die interaktive Tafel angeschaltet und seinen Laptop angeschlossen. Er rief eine exakte Abbildung des Grundrisses des Kaffeehauses auf, mit verschiedenen Avatar der Beteiligten.

„So können wir den Tathergang nochmals aus unserer Sicht darstellen", sagte Steven.

Holger stieß einen Pfiff aus. „Das hast du alles heute zusammengebastelt? Respekt."

Steven schüttelte den Kopf. „Nein, das habe ich von Karsten Windisch bekommen."

Er sah Kates Blick und riss die Hände nach oben.

„Nein, nein, ich habe gefragt und er hat es mir gegeben. Vielleicht ist das auch nicht ganz legal, aber er will helfen. Und wenn wir alle dicht halten…"

Die Anwesenden nickten fast synchron. „Okay."

Matt Fisher ging zu der Tafel, wo er per Touch die Figuren im Raum bewegen konnte. Er probierte ein wenig hin und her, dann sah er die anderen an.

„Wie wäre folgendes Szenario. Nadja Kostiak geht zur Toilette. Dann steht sie im Waschraum. Dieter Fröschel war ebenfalls auf der Toilette und ist ebenfalls im Waschraum der Herrentoilette. Beide liegen Wand an Wand."

Jetzt ließ er den Avatar von Frank Petermann in Richtung Toilette gehen. „Hat einer gesehen, wo sich dieser Petermann kurz vorher aufgehalten hat?"

Kate schüttelte langsam den Kopf. „Nach dem Streit mit Dieter ist er von uns weggegangen, aber danach muss er zur Toilette sein."

Holger nickte. „Also ist nicht klar, ob vor oder nach dem Schuss?"

Kate sah von ihm zu Matt, der jetzt den Petermann Avatar direkt hinter den von Nadja Kostiak platzierte. „Er könnte sie erschossen haben", sagte er und hörte, wie Kate die Luft einsog.

„Ja klar", sagte sie schließlich. „Daran hat niemand gedacht und keiner hat es untersucht."

„Aber wer hat dann auf ihn geschossen?", fragte jetzt Chris verwirrt.

„Er selbst", sagte Kate und schlug sich mit der flachen Hand vor den Kopf. „Darum war es nur ein oberflächlicher Schuss, fast ein Streifschuss. Als Chirurg weiß er, wie er den wenigsten Schaden anrichten kann."

Matt ließ jetzt den Fröschel Avatar in den Waschraum der Damentoilette eilen. „Er hat Nadja Kostiak so vorgefunden, versuchte ihr zu helfen, darum das Blut. Dann nahm er die Waffe und…"

Kate war aufgesprungen. „Und dann kam ich und habe Petermanns Plan vereitelt. Er wollte, dass Dieter die Waffe anfasst, dann wollte er sie ihm wieder entwinden."

Matt nickte bedächtig. „Dabei sollte sich noch ein Schuss lösen, damit hätte Fröschel auch die notwendigen Schmauchspuren an den Händen. Schließlich hätte Petermann ihn in Notwehr erschossen."

Kate ergriff ihr IPhone. „Ich rufe Mike an."

Mike sah Karsten Windisch an, der seinerseits seinem Blick standhielt. „Na was? Du hast gesagt, Kate ist wieder mit an Bord", sagte er nach einer Weile.

Mike schüttelte den Kopf. „Ja, Kate, aber nicht ihr gesamtes Team."

Dann winkte er ab und starrte auf die Simulation, die Steven vor ihm ablaufen ließ. Er war gemeinsam mit Marianne Jäger und Karsten Windisch nach Kates Anruf in deren Büro eingetroffen und nur eine Viertelstunde später kam Omar. Jetzt lauschten sie alle Kates und Matt Fishers Ausführungen.

Omar sah zu Karsten hinüber. „Es könnte größenmäßig hinkommen", sagte er und deutete auf den Petermann Avatar, der hinter dem von Nadja Kostiak stand.

Dieser tippte auf seinem Laptop herum. „Ja, der Größenunterschied zwischen den beiden dürfte nur geringfügig sein."

Er sah Kate an, auf deren Beobachtungsgabe er große Stücke hielt.

Auch diese nickte. „Dieter, Frank und Markus sind ziemlich gleich in der Größe, nur Karlheinz Wischnewski dürfte etwas größer sein."

Mike lehnte sich zurück und sah Marianne Jäger an. „Aber ich frage mich noch immer nach dem Motiv. Wenn es um diese Drogengeschichte von damals ging, dürfte das kaum zwei Morde rechtfertigen."

Marianne sah Kate an. „Hast du nicht erzählt, dass dieser Petermann Petra Zimmermann in München auf dem Drogenstrich wiedergetroffen hat?"

Kate nickte. „Ja, das kam mir irgendwie gleich seltsam vor. Ich meine, ich habe mich gerade mit Susanne und Martina darüber unterhalten und da hat er uns das gleich erzählt. Susanne war nämlich der Meinung, dass Petra nie ihre schwerkranke Mutter allein gelassen hätte."

Schließlich stand Mike auf und lief in dem Konferenzraum auf und ab. Vor Karsten Windisch blieb er stehen. „Trotzdem, haben wir genügend Beweise?"

Dieser seufzte auf. „Jetzt nicht mehr. Wären wir damals vor Ort mit diesem Wissen herangegangen, hätten wir vielleicht, aber ich sage auch nur vielleicht, etwas gefunden das Fröschel entlastet und Petermann belastet hätte, aber jetzt…" Er hob die Hände.

Mike sah Kate an. „Jetzt Petermann aufzuscheuchen, halte ich für keine gute Idee."

Auch sie schüttelte den Kopf.

„Jeder Anwalt würde diese Beweislage in der Luft zerreißen", ergänzte Karsten.

Kate stützte die Hände auf den Konferenztisch.

„Gut", sagte sie gedehnt. „Ich versuche mein Glück bei dem dementen Doktor Brockmüller. Gleich morgen mach ich mich auf den Weg.

„Und ich werde mich etwas näher mit unserem Chirurg Doktor Petermann und dem Professor Anders beschäftigen. Mal schauen, ob sie Kontakt zueinander aufnehmen", sagte Steven und grinste. Dann steckte er seinen Laptop ein. „Das will ich gar nicht wissen", sagte Mike und drehte die Augen nach oben, als dieser ihm einen unschuldigen Blick zuwarf.

Am nächsten Vormittag suchte Kate genau jenes Pflegeheim „Haus Abendrot" auf, in dem sie einmal undercover ermittelt hatte. Natürlich war weder die damalige Heimleiterin, die man vom Dienst suspendiert hatte, als auch deren unmöglicher Neffe Holger noch im Dienst, aber auf ein bekanntes Gesicht traf sie doch.

„Schwester Kathrin", sagte sie erfreut und die ehemalige Wohnbereichsleiterin, die sie eingearbeitet hatte, im Glauben, eine Pflegekraft vor sich zu haben, drückte ihr lächelnd die Hand.

Wie Kate an ihrem Namensschild erkennen konnte, war sie jetzt hier die Pflegedienstleiterin. „Ich freue mich, Frau Schulz und hoffe, es geht ihnen gut?"
Diese nickte und brachte ihr Anliegen vor, Herrn Doktor Brockmüller besuchen zu wollen.

„Seine Tochter ist einverstanden", ergänzte sie, als sie die skeptische Miene von Schwester Kathrin sah.
Diese führte sie durch den Eingangsbereich zum Fahrstuhl. Gemeinsam fuhren sie in die obere Etage.
„Das ist schon in Ordnung. Nur fürchte ich, sie werden wenig Glück bei ihm haben. Sein Zustand ist sehr instabil. Heute Morgen erst hat er nach der Pflegerin, die ihn versorgen wollte, geschlagen. Wir lassen ihn dann in solchen Phasen in Ruhe", sagte die Pflegedienstleiterin, als sie oben ausstiegen.
Kate nickte. „Ich versuche einfach mein Glück und wenn es ihn zu sehr belastet, gehe ich einfach wieder."
Schwester Kathrin lächelte sie an. „Ja, in Ordnung.

Sie haben ja damals schon bei uns eine Menge an Einfühlungsvermögen bewiesen. Schade, dass es nur ein so kurzer Einsatz war."

Sie zwinkerte ihr zu und führte sie vor eine Zimmertür. „Wir haben ihn heute im Zimmer gelassen, dass er sich nicht noch zusätzlich aufregt. Versuchen sie ihr Glück." Sie nickte Kate noch einmal zu und ließ sie allein.

Diese atmete tief durch und klopfte an. Als keine Reaktion erfolgte, öffnete sie langsam die Tür und trat ein. In einem gemütlichen weinroten Sessel, der direkt an dem bodentiefen Fenster stand, saß ein sehr dünner, gebeugter alter Mann mit kahlem Kopf. Nur mit Mühe konnte Kate in diesem Mann die große und furchteinflößende Gestalt ihres alten Direx erkennen. Sie trat näher, sodass sie in seinen Sichtkreis kam.

„Guten Tag, Herr Doktor Brockmüller", sagte sie und wartete eine Weile.

Langsam hob der alte Mann den Kopf und sah sie aus trüben Augen an. In Kate schwand die Hoffnung, hier irgendetwas ausrichten zu können, rapide. Sie ging noch etwas näher heran, als plötzlich ein Ruck durch die gebrechliche Gestalt ging.

„Katherina, Katherina Schulz", sagte er mit brüchiger, aber klarer Stimme. Kate blieb wie angewurzelt stehen und starrte ihn an.

„Na?", fragte er. „Bist du es oder nicht?"

Sie nickte eifrig. „Ja, Herr Doktor Brockmüller. Ich bin nur erstaunt, dass sie mich nach all den Jahren erkannt haben."

Ein raues Lachen war zu hören. „Ich habe meine Schüler nicht vergessen, nicht einen einzigen."

Er deutete auf einen Stuhl. „Du darfst dich setzen. In diesem Hotel hier gibt es keine anderen Möbel. Aber nächste Woche ist mein Lehrgang beendet, dann geht es wieder nach Hause. Wie hast du mich eigentlich gefunden?"

Kate nahm Platz. Kurz dachte sie nach. „Der Stadtschulrat, Doktor Winter, hat es mir gesagt."

Der ehemalige Direktor schüttelte den Kopf. „Unmöglich so etwas. Aber naja, nun bist du einmal da. Also, was willst du?"

Die alte Strenge war in die an sich brüchige Stimme zurückgekehrt.

„Herr Doktor Brockmüller, kennen sie Petra Zimmermann noch?"

Eine Veränderung ging in dem schmalen, faltigen Gesicht vor sich. Der Angesprochene wandte sich ab und schaute aus dem Fenster. Kate war zugegeben etwas ratlos. Was jetzt? War er wieder in seiner eigenen Welt? Gerade wollte sie sich erheben, als der alte Mann seinen Blick wieder auf sie richtete.

„Es war nicht richtig, damals, weißt du?"

Kate lehnte sich etwas nach vorn. „Was war nicht richtig?", fragte sie nach.

„Petra hatte mit dieser Drogensache nichts am Hut. Wie geht es ihr? Warum ist sie nicht mitgekommen? Studiert sie noch?"

Kate atmete tief ein. „Sie hatte keine Zeit, ja, wegen

ihres Studiums."

„Also doch Tiermedizin?"

„Ja, genau", sagte Kate, so geduldig als möglich. Innerlich zitterte sie geradezu. Was wusste Brockmüller?

„Warum hatte sie mit der Drogengeschichte nichts am Hut?", fragte sie jetzt vorsichtig nach.

Der alte Mann machte eine wegwerfende Geste.

„Weil es die Jungs waren, dieser Anders und seine Freunde."

Kate hielt die Luft an. „Markus Anders?", fragte sie nach.

Brockmüller nickte. „Ja, er und dieser Petermann und, wie hieß er? Ja, Fröschel und dann der Wischnewski."

Kate traute sich kaum, sich zu bewegen. „Sind sie sich sicher?", fragte sie nach und erhielt einen tadelnden Blick.

„Nun ist aber gut, Katherina. So lange ist das nun wirklich nicht her. Sechs Jahre?"

Sie nickte. Ein leichtes Lächeln erschien wieder auf den ausgezehrten Zügen und er klopfte sich mit der flachen Hand gegen die Stirn. „Ja, ich vergesse nichts, da drin ist alles. Alles!"

Dann sah er wieder aus dem Fenster. Kate stand von ihrem Stuhl auf und ging langsam in seine Blickrichtung.

„Herr Doktor Brockmüller, warum glauben sie denn, dass es die vier Jungs waren?"

Er sah sie verwirrt an. „Was waren?"

„Das mit den Drogen." Sie schluckte, so trocken war
ihr Mund vor Aufregung.

Er nickte langsam. „Ja, die Jungs. Ich konnte es ihnen
nicht beweisen, aber der Vater von dem einen, von
dem Anders, der hat mich mächtig unter Druck gesetzt."

Kate hatte genug gehört. Sie plauderte noch etwas
mit dem alten Herrn, der jetzt langsam wieder in
seine Welt glitt. Als sie schließlich das Zimmer verließ, erwartete Schwester Kathrin sie.

„Haben sie etwas erfahren?", fragte sie und Kate lächelte. „Ja, ich hätte es nicht gedacht, aber er hat sich
erinnert."

Die Pflegedienstleiterin begleitete sie zum Aufzug.

„Bei ihm ist das Langzeitgedächtnis noch erstaunlich
gut erhalten, zeitweise zumindest."

Kate reichte ihr die Hand. „Danke nochmals, Schwester Kathrin."

Diese lächelte. „Und falls sie doch noch über einen
Berufswechsel nachdenken, immer gern", sagte sie,
als die Fahrstuhltür aufglitt und grinste Kate an.

„Auf die verworrene Aussage eines dementen alten Mannes können wir uns jetzt wirklich nicht stützen", sagte Mike, nachdem er zusammen mit Kate, Marianne Jäger, Karsten Windisch und Staatsanwalt Gebhardt im Beratungsraum des Polizeipräsidiums saß. Letzterer sah Kate nachdenklich an. „Anders, hat er gesagt?"

Kate nickte. „Berthold Anders war Staatsanwalt hier, er stand damals vor einer Beförderung in die Generalstaatsanwaltschaft nach Dresden. Das muss genau zu dieser Zeit gewesen sein."

„Na das passt doch", sagte Marianne, aber Mike zuckte die Achseln. „Natürlich passt es, aber wie wollen wir das beweisen?"

Kate nickte nachdenklich. „Jetzt erschließt sich vieles. Nehmen wir Petermann, als ehemaliger Armeearzt und Afghanistankämpfer ist es für ihn kein Problem an eine Waffe zu kommen und sie auch zielgenau einzusetzen."

„Aber wie gesagt", murmelte Staatsanwalt Gebhardt. „Uns fehlen schlüssige Beweise."

Dann sah er Mike an. „Wie sieht denn das Umfeld von Dieter Fröschel aus?"

„Geschieden, keine Kinder. Die Wohnung sah aus wie ein Labor, sagten die Dresdner Kollegen. Geradezu steril. Chemiker halt."

Mike sah zu Kate hinüber, die angestrengt nachzudenken schien.

„Was?", fragte er leise.

„Keiner außerhalb dieses Raumes und Omar

natürlich, weiß, was Dieter Fröschel in diesen letzten Minuten zu mir gesagt hat. Vielleicht sollte ich das etwas anders interpretieren."

Mike stöhnte auf.

„Kate, bitte", sagte er leise, aber sie lächelte ihn unschuldig an.

Kapitel 12

„Na das ist ja eine Überraschung", sagte Frank Petermann und richtete sich in seinem Bett auf. Das verletzte Bein lag nicht mehr auf einer Schiene, sondern unter der Bettdecke. Insgesamt wirkte der Patient ausgeruht und erholt.

Kate legte den Blumenstrauß auf den Nachttisch und reichte Petermann die Hand. Dieser zog sie, zu ihrer Überraschung, in eine feste Umarmung.

„Katherina, ich bin ja so froh, dass dir nichts passiert ist. Ich hoffe, dein Mann hat dir ausgerichtet, wie leid es mir tut, dass ich dich so angebrüllt habe."

Kate befreite sich langsam aus der Umarmung.

„Du standest unter Schock", sagte sie und Petermann schüttelte den Kopf. „Trotzdem, ich war bei der Armee und dann habe ich mich so wenig im Griff? Ich könnte mich noch heute ohrfeigen."

Er wirkte ehrlich zerknirscht. Kate hatte sich einen Stuhl herangezogen und setzte sich. „Und? Wie geht es dir?" Sie deutete dabei auf sein Bein.

Er winkte ab. „Eine Kleinigkeit, alles wieder gut. Das, was mit Nadja und Dieter passiert ist…" Er schluckte und brach ab. Kate musterte ihn. War er wirklich so ein guter Schauspieler oder hatte sie in alles viel zu viel hineininterpretiert, besonders in die Aussage eines schwer dementen Mannes?

Jetzt spürte sie, wie ihre Hand ergriffen wurde.

„Und, wie geht es dir?"

Sie lächelte etwas. „Naja, es hängt mir schon ein

131

wenig an. Aber das Leben muss ja weiter gehen."

Er nickte. „Ja, für mich auch. Ich habe morgen noch ein paar abschließende Untersuchungen und dann gehe ich nach Hause. Ich trete nächste Woche schon meine neue Stelle in Schöneck an, da muss ich fit sein und meine Frau, die Ärmste, ist derzeit allein mit dem gesamten Umbau des Hauses, das wir uns gekauft haben."

Er sah sie eindringlich an. „Gibt es eigentlich etwas Neues bei den Untersuchungen?"

Kate schüttelte langsam den Kopf.

Petermann lehnte sich entspannt zurück. „Naja, bei der Spurenlage ist der Fall ja klar. Traurig, aber wahr. Der arme Fröschel, hat so eine Hirnmetastase und dreht völlig durch. Wer hätte das gedacht."

Kate setzte sich etwas aufrechter hin. „Du hast es gewusst?"

Irritiert sah Petermann sie an. „Natürlich. Ich bin Arzt, wir hatten uns schon am Abend vor dem Klassentreffen getroffen, unser altes Kleeblatt."

Er lächelte, wurde dann aber ernst. „Dieter, Markus und Karlheinz logierten doch in der Matsch. Dort haben wir zusammengesessen und Dieter hat mir seine MRT Bilder gezeigt."

Jetzt war Kate baff. Das Frank alles so unumwunden zugab, irritierte sie zunehmend.

In diesem Moment klopfte es und Doktor Feigler, der Psychiater, steckte den Kopf zur Tür herein.

„Ach, Herr Kollege, wollen sie noch einmal zu mir? Morgen bin ich definitiv weg", rief Frank Petermann gut gelaunt und der Psychiater schüttelte den Kopf. „Nein, ich wollte zu Frau Schulz."

Er kam etwas näher und sah diese an. „Also dann morgen um 14.00 Uhr?"

Diese nickte etwas zögerlich. „Ja, gut. Also bis morgen", sagte sie schließlich und schenkte dem Psychiater, der inzwischen Petermann die Hand reichte, ein kleines Lächeln.

„Du bist bei ihm auch in Behandlung?", fragte Frank Petermann, nachdem der Psychiater gegangen war.

Kate schüttelte den Kopf. „Eigentlich nicht. Aber."

Sie zögerte eine Weile, dann sah sie ihren Schulkameraden an. „Dieter hat draußen, kurz bevor das SEK geschossen hat, etwas zu mir gesagt. Einmal *Petra Zimmermann ist das Alpha und das Omega* und dann, *du musst es suchen, es ist...*"

Frank Petermann starrte sie an. „Was suchen?"

Sie zuckte die Schultern. „Das ist es ja, ich weiß es nicht mehr. Er hat es mir gesagt, aber es ist wie weggeblasen. Doktor Feigler will es mit Hypnose versuchen."

Jetzt lachte Petermann laut auf und konnte sich kaum beruhigen. „Katherina", keuchte er schließlich. „Du glaubst doch wohl nicht wirklich an so einen Hokuspokus? Also, der Kollege enttäuscht mich jetzt wirklich."

Er wischte sich die Tränen aus den Augen und wurde dann wieder ernst. „Nein, ganz gleich was Dieter auch gesagt hat, bedenke das er einen Hirntumor hatte und dann noch Alkohol dazu. Und was sollte denn das mit Petra?"

Kate blieb ihm eine Antwort schuldig. Sie erhob sich und reichte ihm die Hand. „Ich muss dann mal."

Etwas erstaunt über ihren abrupten Aufbruch ergriff Petermann ihre Hand und lächelte sie an. „Es war schön, dass du da warst. Kommst du uns einmal besuchen, wenn wir eingerichtet sind? Plauen- Schöneck ist doch keine Entfernung. Und bring deinen Mann mit."

Kate nickte und sagte an der Tür. „Klar doch. Wir telefonieren."

Als Kate am Stationszimmer vorbeikam, trat der Chefarzt der Psychiatrie heraus und sah sie mit leicht hochgezogenen Augenbrauen an.

„Danke", sagte sie mit einem kleinen Lächeln, das der Psychiater schließlich erwiderte.

„Auch auf die Gefahr hin, dass mich der Kollege Petermann für einen Scharlatan hält?", fragte er und Kate lachte leise.

„Hoffen wir nur, dass ihr Plan aufgeht", sagte Doktor Feigler und ging mit Kate in Richtung Fahrstuhl.

Sie nickte. „Ja, das hoffe ich auch. Etwas Besseres als diese Hypnosegeschichte ist mir wirklich nicht in der Kürze der Zeit eingefallen."

Als die Fahrstuhltür sich öffnete, legte Doktor Feigler seine Hand auf Kates Arm.

„Sie denken aber daran, was ich ihnen gesagt habe, Frau Schulz? Sie sollten wirklich meine Hilfe in Anspruch nehmen."

Sie seufzte etwas. „Ja, Doc, danke."

„Also mir gefällt die ganze Sache nicht", sagte Mike und sah abwechselnd von Kate zu Matt Fisher und Holger Ahnert.

Diese schüttelte den Kopf. „Die beiden werden mich keine Minute aus den Augen lassen. Mike, du kannst keinen großangelegten SEK-Einsatz daraus machen, dafür bekommst du niemals ein Okay und das weißt du."

Seufzend nickte Mike. „Das ist ja mein Bedenken."

„Also, ich glaube, wir beide bekommen das hin", sagte jetzt Holger und sah zu Matt, der zustimmend nickte. „Wir haben uns die Örtlichkeiten genau angeschaut. Wenn also Petermann wirklich Kate ausschalten will, muss er das machen, bevor sie zu diesem Psychiater geht. Das heißt, entweder heute Nacht, aber da wäre das Risiko zu groß, weil auch du im Haus bist. Dann morgen Vormittag auf dem Weg ins Büro, aber da weiß er nicht genau wann Kate aufbricht. Fährt sie mit dem Auto oder läuft sie?"

Kate nickte. „Meine morgendliche Joggingrunde nicht zu vergessen."

„Lass sie um Himmelswillen diesen einen Tag ausfallen", sagte Mike, aber Matt schüttelte den Kopf.

„Das wäre zu auffällig. Aber wir sind im Vorteil, da Kate nie die gleiche Runde läuft. Daher haben wir eine Runde ausgewählt, die sehr stark von Menschen frequentiert ist und wenige Punkte bietet, sich in Deckung zu begeben."

Holger sah zu Matt und dann zu Mike. „Also, wir haben uns überlegt, wo wir zuschlagen würden. Und

135

das wäre in der Tiefgarage am Klinikum. Kate ist 14.00 Uhr bestellt, also wird sie dort so gegen 13.30 Uhr, plus minus eintreffen. Das ist wirklich die einzig feste Größe."

Mike schob seine Kaffeetasse auf dem Tisch hin und her, ohne auch nur einen Schluck daraus zu nehmen. Holger sah ihn eindringlich an. „Mike, wir haben alle verfügbaren Leute abgezogen, zum Schutz von Kate und sogar Bogdan Serwowitsch hat uns noch Leute zur Verfügung gestellt, ohne zu fragen."

Mike sah auf. „Na toll", murmelte er.

„Kein Grund, sarkastisch zu werden", sagte Kate in seine Richtung. „Wenn es hart auf hart kommt, kann man sich auf Bogdan verlassen."

Sie brach ab und lächelte etwas. „Ich hätte auch nie gedacht, dass ich diesen Satz einmal sage. Aber es ist so."

Widerwillig nickte Mike. Der Plauener Bordellkönig hatte sich, das musste er zähneknirschend eingestehen, zu einem Menschen entwickelt, der Kate und auch ihm am Herzen lag.

Schließlich ließ er sich in seinem Stuhl zurückfallen und sah in die Runde, die sich in Kates Büro versammelt hatte. Omar, der bisher geschwiegen hatte, richtete sich etwas auf. „Ich werde auch in der Tiefgarage sein. Immerhin arbeite ich dort, also ist das nicht ungewöhnlich", sagte er, als würde das das Zünglein an der Waage sein. „Also, ob ein Rechtsmediziner ein gutes Omen ist", murmelte Kate und jetzt mussten alle, einschließlich Mike lachen.

Kate war wirklich stolz auf „ihre Jungs", wie sie sie nannte und auch die Männer von Bogdan Serwowitsch hatten sich, ohne zu zögern, Matts Anweisungen unterworfen, der das Kommando des Einsatzes führte. Steven hatte Kates und Mikes Haus komplett für diese Nacht mit jeglicher Art von Überwachungstechnik ausgestattet, sodass Kate, bevor sie sich duschte „Steven, ausschalten" rief.

Am Morgen war Kate, wie geplant, auf der vorgesehenen Route joggen gegangen.

Ihr geschultes Auge hatte sehr wohl einige Wachposten entdeckt. Ein junger, athletischer Mann, ebenfalls als Jogger getarnt, kam ihr entgegen. Ein früher Gärtner kontrollierte eine Rabatte mit Frühblühern im Stadtpark und ein Radfahrer radelte sehr gemütlich durch den Morgen. Ohne Zwischenfälle kam Kate, mit einem kurzen Stopp beim Bäcker, zu Hause an.

Nach dem gemeinsamen Frühstück fuhr Mike, wie jeden Tag, ins Polizeipräsidium.

Kate nahm sich eine Tasse Kaffee und setzte sich auf die Terrasse, neben sich Mascha. Sie wusste, dass drüben im Haus von Frau König und Herrn Winter, die sie involviert hatten, Matt auf der Lauer lag.

Falls sich irgendjemand der Terrasse nähern sollte, würde dieser, lautlos wie eine Kobra, zuschlagen.

Dann zog auch Kate sich um und fuhr in ihr Büro. Dort saß schon Steven vor seinem Laptop und Holger scherzte mit Maria.

Kate klopfte Steven auf die Schulter. „Schaust du dir die Bilder von heute Nacht an?"

Dieser lachte. „Leider nix passiert und mit nix meine ich wirklich nix", sagte er mit leicht anrüchigem Tonfall.

Kate war schon fast froh, als es endlich 13.00 Uhr war und sie nach unten fuhr. Holger befand sich zu dieser Zeit im Hausflur, um sicherzugehen, dass dort niemand war, der nicht hingehörte. Am Parkplatz im Hof hatte sich ein Mitarbeiter von Bogdan Serwowitsch, getarnt als Paketbote, postiert.

Kate fuhr in Richtung Klinikum, als Steven ihr die genauen Positionen aller Mitarbeiter durchgab. Außerdem, und darauf hatte besonders Mike gedrängt, war sie verkabelt. „Kate?", fragte Steven.

„Ja, ich bin immer noch da", antwortete sie leicht genervt. „Wo auch sonst?"

Sie hörte sein Lachen. „Omar hat mich eben informiert, dass Petermann vor drei Stunden offiziell entlassen wurde. Seine Frau hat ihn abgeholt und sie sind nach Schöneck in ihr neues Haus gefahren. Leider ist die Sicht auf das Gelände dort grottenschlecht und theoretisch hätte er es über den angrenzenden Wald verlassen können. Ich habe mit einem von Bogdans Leuten gesprochen, der dort positioniert ist."

Kate nickte, bis ihr einfiel, dass Steven das nicht sehen konnte. „Okay", sagte sie. „Also könnte er zeittechnisch gesehen wieder in Plauen sein."

„Hm", sagte Steven. „Du bist jetzt gleich an der Schranke."

„Ja", antwortete sie.

„Pass auf dich auf, bitte", hörte sie Steven, als sie den Knopf zum Anheben der Schranke drückte.

Kate fuhr langsam in die Tiefgarage. Sie wusste, auf welchem Platz Omars SUV stand. In diesem Bereich hatten die leitenden Ärzte ihre Parkplätze, hier konnte sie nicht parken, zumindest nicht, wenn sie nicht auffallen wollte. Also umrundete sie diesen Bereich und fuhr ans andere Ende, dort, wo die öffentlichen Parkplätze sich befanden.

Sie waren nicht so günstig am Fahrstuhl gelegen, wie die Angestelltenparkplätze, also musste Kate, nach Verlassen ihres Wagens knappe zweihundert Meter zu Fuß gehen. Das Parkhaus war ziemlich mit Autos gefüllt und bot so eine wunderbare Deckung.

Nicht nur für ihre Leute, leider auch für einen potenziellen Attentäter. Je näher sie allerdings an den Fahrstuhl kam, umso mehr wurde ihr klar, dass sie wohl einem Hirngespinst nachjagte. Mit einem großen Personalaufgebot hatte sie diese Sache inszeniert und es war ein Flop. Der beste Augenblick für einen Überfall auf sie wäre, nach Matts und Holgers Einschätzung, der Zeitpunkt, wenn sie das Auto verließ, beziehungsweise auf dem Weg zum Fahrstuhl in der Deckung der anderen Autos. Aber jetzt war sie schon auf der freien Fläche, nur wenige Schritte vom Fahrstuhl entfernt.

Nur gut, Mike hatte nicht doch das SEK eingeschalten. Eine größere Blamage hätte es wohl kaum gegeben.

Jetzt stand sie am Fahrstuhl und drückte. Sie hörte

ein Rumpeln und war sich klar, dass es wohl noch etwas dauern würde, bis er hier ankam.

Mit der Hand fuhr sie sich über das Gesicht und raunte dabei. „Alles okay."

Sie wusste, dass Steven sie hörte.

Endlich kam der Fahrstuhl. Die Tür öffnete sich und ein bärtiger Arzt im Kittel, auf sein IPhone starrend, kam heraus. Kate grüßte und erhielt nur ein Knurren als Antwort, dabei stieß sie mit dem Arzt zusammen. „Entschuldigung", entfuhr es ihr und sie setzte einen Fuß vor, als plötzlich ein stechender Geruch sie zurückfahren ließ.

Aber etwas aus Stoff wurde fest auf ihre Nase gedrückt und sie spürte, wie sie den Boden unter den Füßen verlor.

„Kate, Kate." Sie öffnete langsam die Augen und hatte das Gefühl, die ganze Nacht auf einer Kneipentour gewesen zu sein. Sie wurde vorsichtig aufgesetzt und an den Oberarmen geschüttelt. „Kate."

„Ja doch, Omar, schrei doch nicht so."

Selbst in ihren Ohren klang ihre Aussprache verwaschen. „Na Gott sei Dank, sie schimpft schon wieder", scherzte der Pathologe. „Hilf mir mal."

Kate spürte, wie eine zweite Person sie an der anderen Seite nahm und dann wurde sie aufgestellt. Schwankend blinzelte sie und sah Matt Fisher, der sie geradezu verängstigt ansah. „Was…was ist denn los", nuschelte sie und Omar schüttelte den Kopf.

„Das bringt nichts. Komm, trag sie rein."

Kate spürte, wie sie hochgehoben und weggebracht wurde. Dabei dämmerte sie immer wieder weg und erwachte schließlich auf einer Untersuchungsliege. Es war jetzt Doktor Feigler, der sie ernst ansah und blitzartig fiel ihr alles wieder ein. Sie fuhr auf, um von einer Kopfschmerzattacke fast wieder umgeworfen zu werden.

„Langsam", sagte der Psychiater und gab Kate ein großes Glas Wasser, das sie in einem Zug herunterstürzte. Dabei klarten ihre Gedanken immer mehr auf.

„Ich bin betäubt worden", stellte sie fest.

„Ja, das gute alte Äther. Daher deine Kopfschmerzen", sagte jetzt Omar, der gerade in der Tür aufgetaucht war. Er nahm die Mineralwasserflasche von dem kleinen Beistelltisch und schenkte ihr nach.

„Trinken hilft", sagte er. Kate trank also noch ein zweites Glas, dann sah sie von Doktor Feigler zu Omar. „Und? Habt ihr ihn?"

Der Pathologe schüttelte den Kopf. „Nein, leider…" In diesem Moment wurde die Tür geöffnet und Mike stand im Rahmen.

„Aha", sagte er nur und Kate versuchte sich an einem, zugegeben etwas schiefen, Lächeln. Mit einem Prusten setzte sich Mike auf einen der Stühle.

„Der Kerl ist weg. Er hat einfach genau diesen Überraschungsmoment genutzt. Er ist in ein Auto gesprungen und zack, weg war er."

Kate stellte das leere Glas neben sich. „So schnell?"

Mike nickte. „Ja, eine zweite Person saß am Steuer. Ich denke, es war geplant, dich zu betäuben und in dieses Auto zu zerren. Das hat ja Gott sei Dank oder vielmehr Matt sei Dank nicht geklappt. Er hat sofort reagiert, aber der Täter auch. Er hatte einen minimalen Vorsprung und den hat er genutzt."

Mike sah Kate verärgert an. „Verdammt, Kate. Hätte er eine Waffe gehabt, wärst du jetzt tot."

Kate atmete kurz ein. „Kein Grund zu fluchen und nein, hatte er nicht. Was mich sehr viel mehr bewegt, ist die Tatsache, woher wusste er, dass ich am Fahrstuhl stehe und kümmert sich jetzt jemand um Petermann?" Mike räusperte sich etwas. „Erstens, jemand hat die Überwachungskameras im Fahrstuhlbereich gehackt. Steven ist schon dran. Und zweitens. Zur Tatzeit war Petermann in der Paracelsus- Klinik Schöneck und es gibt dafür zwei Dutzend Zeugen."

Sie saßen gemeinsam im Beratungsraum des Polizeipräsidiums. Jetzt war es wieder eine offizielle Polizei-
angelegenheit. Kate hatte inzwischen neben zwei
weiteren Gläsern Wasser noch drei Tassen Kaffee getrunken und fühlte sich wieder funktionstüchtig.
Sie sah von Mike zu Omar und schüttelte den Kopf.
„Das kann doch wohl nicht wahr sein."
„Doch", wandte jetzt Karsten Windisch ein. „Ich habe
es selbst mit Omar wieder und wieder begutachtet.
Der Einschusswinkel gibt es nicht her. Petermann
kann nicht auf sich selbst geschossen haben."
Kate ließ sich in dem Stuhl gegen die Lehne fallen.
„So und dann ist Dieter Fröschel also aus Omars
Institut abgehauen und hat mich als verkleideter Arzt
betäubt und ist dann wieder in sein Fach in der Pa-
thologie gekrochen, oder was?" Selten hatte Mike er-
lebt, dass Kate derart die Fassung verlor.
Es war Omar, der sich zu ihr hinwandte.
„Kate, Fröschel ist mit Sicherheit kein Wiedergänger.
Aber jetzt mal Schluss mit lustig. Wie auch immer,
wir müssen uns an die Fakten halten, nicht wahr?"
Fragend sah er Mike an.
„Ja", sagte dieser. „Das bedeutet, jemand anders hat
auf Petermann geschossen und er kann es nicht gewesen sein, der dich in der Tiefgarage aufgelauert
hat."
Kate atmete tief ein und aus. „Gut. Aber er war, außer euch natürlich und Doktor Feigler, der Einzige,
der von meinem angeblichen Termin wusste."
Dann senkte sie etwas den Kopf. „Und Markus

Anders?", fragte sie.

Mike drehte die Augen etwas nach oben. „Wir haben unsere Hausaufgaben gemacht. Er hatte heute eine seiner geplanten Vorlesungen in Basel und hat sie auch gehalten. Es gab einen Live-Stream davon."

„Und der Vierte im sogenannten Kleeblatt", warf jetzt Marianne ein und sah auf ihre Aufzeichnungen. „Dieser Karlheinz Wischnewski wohnt noch in der Pension Matsch, weil er noch Urlaub hat. Aber zur Tatzeit hat er seine Patentante besucht, zufällig im Pflegeheim *Abendrot*."

Kate schlug mit der Hand auf ihre Stuhllehne. „Das gibt es doch nicht", stöhnte sie auf.

In diesem Augenblick klopfte es und Frank Keilwert, der Hauptkommissar Internetkriminalität, gefolgt von Steven Neubauer, betrat den Raum.

„Hallo, Leute", sagte Frank und klopfte leicht auf den Tisch. „Also, schlechte Nachrichten. Das Auto war ein alter Ford Kombi mit gestohlenen Nummernschildern. Die Kamera an der Schranke hat zwar die Personen erfasst, aber schaut euch das mal an."

Er projizierte die Videosequenz an den Board und es waren wirklich zwei Personen zu sehen, sichtlich mit falschem Bart und Perücke.

Kate schüttelte nur mit dem Kopf. „Das ist doch nicht zu fassen", murmelte sie.

Mike hob die Hand. „Trotzdem, irgendwie muss Petermann darin verwickelt sein. Wer hätte sonst gewusst, dass du um diese Zeit in die Klinik kommst?" Er nickte ihr zu, dann sah er die anderen

144

Anwesenden im Raum an. „Wir müssen alles noch einmal aufrollen, von Anfang an."

Als Kate sich erhob, sagte Mike. „Du stehst ab sofort unter Polizeischutz." Sie hob langsam den Kopf und sah Mike durchdringend an.

„Sagt wer?", fragte sie in einem Ton, der alles sagte.

„Staatsanwalt Gebhardt", antwortete Mike und konnte sich ein triumphierendes Lächeln nicht unterdrücken.

Kapitel 13

„Polizeischutz", brummte Kate und sah aus dem
Fenster ihrer Bibliothek. Vorn auf der Straße stand
ein Zivilfahrzeug der Polizei und in ihrer Küche hatten es sich auch zwei Beamte gemütlich gemacht. Das
Staatsanwalt Gebhardt einen derartigen Personalauf-
wand für gerechtfertigt hielt, sollte ihr gewiss
schmeicheln. Stattdessen kränkte es sie, denn es
zeigte ja, wie wenig damit ihren eigenen Leuten ver-
traut wurde. Dabei lag, nach gründlicher Analyse,
das Desaster in der Tiefgarage des Klinikums nicht
an Matt und seinen Leuten. Typisch Personenschützer, hatte er sich natürlich sofort um Kate geküm-
mert, was die Entführung zumindest vereitelt hatte.
Es waren nur wenige Sekunden vergangen, bis er die
anderen Personenschützer benachrichtigt hatte und
sicherlich wäre es auch Holger und Ralph, einem von
Serwowitschs Leuten, gelungen, den falschen Arzt
aufzuhalten, wäre der nicht in ein startklares Auto
gesprungen, dessen Fahrer, ohne Rücksicht auf Ver-
luste, losgedüst war. An der Schranke selbst war das
nächste Pech. Eine Familie mit Kleinkind blockierte
die Schranke, weil sie kein Kleingeld hatte.
Letztendlich war der unauffällige Wagen mit hohem
Tempo in Richtung Chrieschwitzer Hang davonge-
rast und hatte in dem dichten Feierabendverkehr einen deutlichen Vorsprung, zumal er ziemlich rüde
alle Verkehrsregeln missachtete. Auch eine umgehend eingeleitete Fahndung hatte nichts gebracht.

Der dunkle Ford mit den gestohlenen Nummernschildern blieb verschwunden. In diesem Moment
hörte Kate Stimmen und Mike kam herein. Er blieb in
der Tür stehen und sah sie etwas zögerlich an.
„Na?", fragte er.
Kate stieß durch die Nase so laut Luft aus, dass es
unüberhörbar war. „Das ich in meinem eigenen Haus
gefangen bin? Toll."
Als sie Mikes Miene sah, musste sie doch lächeln. Sie
ging auf ihn zu und küsste ihn auf die Wange.
„Du kannst es ja Gott sei Dank auf Gebhardt schieben", sagte sie und er grinste.
Er deutete in Richtung Küche. „Ich habe die zwei
Kollegen in den Feierabend geschickt. Die Alarmanlage ist scharf geschaltet und draußen sitzt im Auto
die zweite Schicht. Also, essen wir?"
Kate sah Mike stirnrunzelnd an. „Was denn? Ich
durfte ja den ganzen Tag das Haus nicht verlassen."
Er zog sie mit sich. „Dazu hast du deinen Mann. Ich
habe etwas mitgebracht, von deinem Lieblingsinder."
Während des Essens schwiegen sie beide und erst
später, als sie wieder in der Bibliothek saßen, sah
Kate ihn auffordernd an. „Also?", fragte sie.
„Ich habe noch einmal mit Petermann gesprochen,
der Kerl ist wirklich aalglatt. Er hat ja ein 100% Alibi
und hat natürlich mit niemand über deinen Termin
bei Doktor Feigler gesprochen. Als ich ihn fragte, warum er uns bei der ersten Befragung nicht gesagt hat,
dass er von Fröschels Erkrankung wusste, hat er wieder seinen Schockzustand vorgeschoben."

Mike trommelte nervös auf die Armlehne seines Sessels. „Es ist zum verrückt werden, wir kommen keinen Schritt weiter."

Kate holte tief Luft. „Mike, du musst Gebhardt davon überzeugen, dass er den Polizeischutz für mich abbläst."

Als sie seinen skeptischen Blick sah, beugte sie sich nach vorn. „Wir wissen beide das Petermann in dieser Sache mit drinhängt und der weiß jetzt, dass es eine Falle war. Das ich nie zu Doktor Feigler wollte wegen einer Hypnose Sitzung, also auch nichts weiß und Dieter mir auch nichts gesagt hat. Ich stelle also weder für ihn noch für die anderen eine Gefahr dar."

Mike schüttelte langsam den Kopf. „Jeder, der dich kennt, weiß, dass du dich wie ein Raubtier in eine Sache verbeißt und nicht lockerlässt."

Jetzt lehnte sich Kate zurück und lächelte ihn an.

„Das weißt du, ja und noch ein paar unserer guten Freunde und mein Team. Aber Petermann nicht."

Mike stand auf und lief im Zimmer umher. Dann blieb er an der massiven Bücherwand stehen und fuhr nachdenklich mit dem Finger über einige Buchrücken.

„Kate", sagte er und fast etwas Flehendes lag in seiner Stimme. Sie sah ihn ernst und eindringlich an.

„Würdest du denn wirklich wollen, dass ich anders bin?", fragte sie leise und nach einer gefühlten Ewigkeit schüttelte er den Kopf.

„Nein", sagte er mit einem Seufzer. „Ich rede mit Gebhardt."

„Ich habe die Lage falsch eingeschätzt", sagte Matt Fisher und sah Kate direkt an. Diese schüttelte den Kopf. „Matt, wir haben es ausgewertet und die Umstände analysiert und jetzt ist gut", sagte sie ungewöhnlich streng. „Dich trifft keine Schuld. Ohne dich wäre ich jetzt in den Händen dieser Verrückten oder sogar schon tot", fügte sie schließlich etwas freundlicher hinzu. Dann wandte sie sich an die anderen Mitglieder ihres Teams, die mit ihr gemeinsam im Beratungsraum saßen.

„Also, der Polizeischutz ist aufgehoben, ich kann also wieder frei agieren", sagte sie, erhielt aber von Steven ein Hochziehen der Augenbrauen. „Ich weiß nicht, ob das wirklich eine gute Idee ist", sagte er, zog es dann aber vor, es nicht weiter zu kommentieren, als er Kates Blick sah.

Sie klopfte kurz auf den Tisch, dann atmete sie tief ein. „Ich werde allerdings auch keine Alleingänge machen. Matt und Holger werden von mir zu jeder Zeit informiert, wo ich bin." Dann sah sie zu Steven. „Du hast meine ausdrückliche Erlaubnis, bis auf Widerruf, mich zu tracken." Er salutierte symbolisch und fuhr sofort mit seinen Fingern über die Tastatur seines Laptops.

Schließlich sah Kate in die Runde.

„Während die Polizei ihre eigenen Untersuchungen anstellt, werden auch wir gemeinsam noch mal von vorn anfangen. Und darum stelle ich jetzt die Frage. Warum mussten Nadja Kostiak und Dieter Fröschel sterben?"

Ganz dick hatte Kate *Petra Zimmermann* an das Board geschrieben.

Weiter unten standen die Namen des „Kleeblattes", *Fröschel*, *Anders*, *Petermann* und *Wischnewski*. Und schließlich *Nadja Kostiak*. Sie zeichnete Pfeile hin und her. „Am Ende steht Petra Zimmermann im Focus." Es war Chris Töpfer, der jetzt neben Kate stand.

„Das Kleeblatt hatte wahrscheinlich diese Drogengeschichte am Laufen. Als sie aufzufliegen drohten, haben die Petra Zimmermann vorgeschoben."

Abby, die aufgrund ihrer Osterferien mit anwesend war, schaute skeptisch. „Aber warum sollte Petra die Schuld auf sich nehmen?"

„Liebe", meinte Kate lakonisch. „Sie war in einen von den Jungs verliebt. Darum auch ihre Veränderung. Und der hat ihre Liebe schamlos ausgenutzt."

Holger lehnte sich etwas nach vorn. „Hast du einen konkreten Verdacht?"

„Ich tippe auf Frank Petermann, aber Markus Anders würde auch in Frage kommen. Der muss sich ja schließlich auch seinem Vater anvertraut haben, dem damaligen Staatsanwalt. Dieser wiederum hat bei Brockmüller Druck gemacht."

Abby sah von Kate zu Steven. „Aber wenn auch. Das ist eine Ewigkeit her."

Steven nickte. „Damals drohten sie von der Penne zu fliegen, wenn das rausgekommen wäre. Dann wären auch die Studienpläne der vier Jungs ins Wasser gefallen. Aber jetzt? Das sind doch alte Kamellen."

Kate setzte sich zurück auf ihren Platz und starrte auf

das Board. „Was wäre gewesen, wenn Petra aus ir-gendeinem Grund damals ihre Aussage zurückgezo-gen hätte?" Sie sah in die Runde.

Abby deutete auf Steven. „Wie er gesagt hat, es wäre wohl nicht gut für unser Kleeblatt ausgegangen."

Kate nickte. „Also haben sie Petra beseitigt."

Steven zuckte die Schultern. „Aber was hat das alles mit dem Mord an Nadja Kostiak zu tun?"

Abby hob ihre Hand wie eine übereifrige Schülerin. „Sie hat etwas gewusst oder herausbekommen."

Kate nickte ihr zu. „Bingo. Ich denke, sie hat einen oder einige vom Kleeblatt erpresst. Nadja hat ihre Unternehmensberatung vor den Baum gefahren und hohe Schulden. Ein wunderbares Motiv."

Chris Töpfer deutete auf das Board. „Jetzt haben wir ein Motiv, aber…"

„Keine Beweise, ich weiß", fiel Kate ihm ins Wort.

„Aber keine Angst, jetzt, wo ich es weiß, grabe ich so lange, bis ich etwas finde."

„Ich fahre am hellen Tag in eine Apotheke, also bitte", hatte Kate zu Matt gesagt, der sie unbedingt begleiten wollte. Widerwillig nickend ließ er Kate allein losfahren. Zumindest konnte Steven jeden ihrer Schritte verfolgen, also rief er diesen an.

Kate hielt vor der *Pfauenapotheke* im Westend von Plauen. Als sie die Apotheke betrat, stoppte sie geradezu auf der Schwelle.

Es war wie ein Ausflug in die Vergangenheit. Hier hatte sich in all den Jahren nichts verändert. Noch immer das wunderschöne alte Holzinterieur und auch der spezifische Geruch schien noch der gleiche zu sein.

Die ältere Frau hinter der Theke schaute sie aus einer dicken Brille an. „Ja, bitte", schnarrte sie.

„Ich möchte zu Susanne Eberhard", sagte Kate mit einem verbindlichen Lächeln, was allerdings nicht erwidert wurde.

„Frau Eberhard ist nicht da. Was wollen sie denn?"

Kate räusperte sich etwas und wurde ernst.

„Das geht nur Frau Eberhard und mich etwas an", entgegnete sie schließlich scharf.

Die ältere Frau sah sie streng an, aber das konnte Kate auch, und zwar sehr gut. Nach einem kurzen, sprachlosen Zweikampf gab ihr Gegenüber auf.

„Moment", sagte sie schmallippig und verschwand im hinteren Bereich.

„Na geht doch", dachte Kate amüsiert und sah sich um. Jetzt, wo sie alles aus der Nähe betrachtete, schien ihr es nicht nur liebenswert altmodisch,

sondern auch wirklich etwas aus der Zeit gefallen.
Konnte man heute eine Apotheke noch so betreiben?
„Katherina, na das ist ja eine Überraschung."
Unbemerkt war Susanne aus dem hinteren Bereich
auf sie zugetreten und umarmte sie. „Warum hast du
denn nicht angerufen? Komm, wir gehen hoch in die
Wohnung."
Sie führte Kate in einen etwas muffigen Hausflur und
dort eine Etage nach oben. Eine alte Vorsaaltür
wurde aufgeschlossen und Kate erinnerte sich wieder, schon einmal hier gewesen zu sein.
„Komm, ich koche uns einen Tee."
Susanne führte Kate in eine dunkle Küche, die
scheinbar als eine Art Wohn-Essküche genutzt wurde
und kein bisschen anheimelnd wirkte. Sie bot Kate einen Platz im hinteren Bereich des Raumes an. Dann
ging sie wieder nach vorn und setzte einen Wasserkessel auf den Gasherd.
Schließlich trat sie wieder in den hinteren Bereich
und sah Kate lächelnd an. „Ich habe alles so von meinen Eltern übernommen. Vielleicht sollte ich einmal
gründlich renovieren, aber irgendwie fehlt mir immer die Zeit. Die Apotheke, du verstehst?"
Kate rang sich ein Lächeln ab. „Ist das unten eine
Verkäuferin?"
Susanne lachte auf. „Nein, das ist meine Tante Hedy,
die Schwester von Papa. Sie hilft mir mit, obwohl sie
schon über 70 ist. Ich wüsste gar nicht, was ich ohne
sie machen sollte."
Sie deutete nach vorn, wo der Wasserkessel pfiff, und

überbrühte den Tee.

Ein wunderbares Aroma nach frischen Kräutern schwappte durch den Raum. Kates Stuhl stand so nahe am Fenster, das in Richtung Neundorferstraße ging, dass sie einen direkten Blick auf einen kleinen, nicht eben gepflegten Vorgarten und zwei Parkplätze, die scheinbar für die Apotheke reserviert waren, hatte.

Susanne trat neben Kate und legte ihr eine Hand auf die Schulter.

„Geht's dir gut?", fragte sie besorgt, während sie ihr und sich je eine Tasse Tee hinstellte.

Kate nickte. „Ja", sagte sie knapp und führte den Tee an ihre Lippen. Er schmeckte überraschenderweise genau so gut wie er roch.

Schließlich sah sie Susanne an. „Du warst doch mit Petra enger befreundet? Konntest du dir das erklären das sie so plötzlich verschwunden ist?"

Die Angesprochene führte ihre Teetasse an die Lippen und stellte sie dann sorgsam zurück auf den Unterteller. „Wie kommst du eigentlich darauf, dass ich enger mit Petra befreundet war?", fragte sie.

Kate zuckte leicht die Schultern. „Michi hat so etwas angedeutet."

Susanne lachte auf. „Michi. Sie hat doch mit Nadja und Silvia in einer ganz anderen Liga gespielt."

Dann schüttelte sie den Kopf. „Petra hat immer einmal mit mir zusammen gelernt, mehr aber auch nicht. Ich weiß nur, dass sie sich um ihre Mutti immer große Sorgen gemacht hat und deshalb kann ich es einfach nicht glauben, dass sie so einfach verschwunden sein soll. Aber naja." Sie zuckte die Schultern.

Kate sah sie eindringlich an. „Und hatte sie einen Freund? Ich meine, ich kannte sie so ein wenig dicklich und mit langen Haaren. Aber auf dem Foto, kurz vor ihrem Verschwinden, da ist ja aus dem Entlein ein richtiger Schwan geworden."

Susanne sah sie erstaunt an. „Nun übertreib aber mal nicht. Also ich weiß nichts von einem Freund."

Kate hatte den Eindruck, dass Susanne ihr auswich, aber sie war nicht gewillt, locker zu lassen.

„Vielleicht einer vom Kleeblatt, oder waren die eher am Trio Michi, Nadja und Sylvia interessiert?", bohrte sie weiter.

Susanne schüttelte den Kopf. „Ach, die drei waren nur an Männern interessiert, die ihnen etwas ausgeben konnten, während die Jungs ja immer knapp bei Kasse waren."

„Hm", machte Kate und lehnte sich zurück. „Vielleicht haben sie deswegen ein bisschen mit Drogen gedealt, um die leeren Kassen aufzufüllen?"

Susanne verschüttete fast ihren Tee und stellte die Tasse unter einem gemurmelten Fluch wieder zurück. „Wie kommst du denn da drauf? Das war doch Petra."

Kate hob die Hände und bewegte sie langsam hin und her. „Ja, so sollte es aussehen. Aber ich war bei Brockmüller, unserem alten Direx, und der hat mir etwas ganz anderes erzählt."

Susanne sah sie überrascht an. „Brockmüller? Ich denke, der ist dement und lebt im Pflegeheim?"

Kate nickte. „Ja, aber daran hat er sich noch gut erinnert."

Ihr Gegenüber erhob sich. „Also wirklich, Katherina. Du glaubst der Aussage eines Alzheimerpatienten? Da lacht dich doch jeder Polizeibeamte aus."

Dann lauschte sie kurz auf. „Kleinen Moment, Katherina, ich höre was. Bin sofort wieder da."

Sie ging nach draußen, während Kate noch einen Schluck Tee nahm und versonnen aus dem Fenster sah. Plötzlich entdeckte sie etwas, was sie stutzen ließ.

„Ach, es war nur Tante Hedy. Entschuldige."

Susanne war zurückgekommen und lächelte Kate an. „Hier, ich habe nochmal frischen Tee mitgebracht. Der in den Tassen ist doch schon halb kalt und dann schmeckt er nicht." Sie nahm Kates noch halbvolle Tasse, ging damit nach vorn und kippte den restlichen Tee in die Spüle.

„Der ist wirklich gut", sagte Kate, als sie zurückkam und sah zu, wie Susanne ihnen wieder frisch eingoss.

„Ja, eine alte Spezialmischung, noch von meinen Großeltern."

Dann reichte sie Kate die volle Tasse. Diese nahm sie ihr ab und setzte sich wieder. „Hier hat sich wirklich nichts verändert", sagte sie und zeigte auf ein altes Radio.

„Geht das noch?", fragte sie und Susanne ging hin und schaltete es ein. An den Knöpfen drehte sie einen

Sender ein.

Hinter sich hörte sie es klappern, als Kate die Teetasse abstellte und als sie sich umdrehte, fuhr sich
diese über den Mund. „Puh, fast verbrannt", sagte
diese lachend.

Etwas leise Jazzmusik kam aus dem Radio.

„Unglaublich", sagte Kate. Dann wischte sie sich
kurz über die Stirn. „Der Tee treibt einem ja wirklich
die Hitze raus. Also, nochmal meine Frage. Du
glaubst nicht, dass die Jungs etwas mit Drogen zu
tun hatten?"

Susanne setzte sich ihr wieder gegenüber. „Nein, also
wirklich nicht. Und selbst wenn, wen würde das
heute noch interessieren", sagte sie und spielte mit
dem Henkel ihrer noch vollen Tasse.

„Sicher, aber…", murmelte Kate leise und fiel nach
vorn mit dem Kopf auf die Tischplatte.

„Ich habe sie betäubt. Sie schläft noch eine Weile.
Aber du musst jetzt kommen."

Susanne schwieg und warf einen Blick auf die re-
gungslose Kate. Dann setzte sie ihre Wanderung
durch die Küche fort.

„Verdammt, Frank. Dieses Mal geht es nicht ohne
dich. Du musst dir etwas einfallen lassen."

Sie atmete tief ein, dann aus und sagte schließlich:
„Also gut, bis dann."

Seufzend legte sie ihr Handy auf das Fensterbrett
und lehnte sich kurz gegen die Fensterscheibe. Sie
konnte keinen klaren Gedanken fassen und merkte
selbst, wie sie nach Atem rang. Das schien hier alles
fürchterlich aus dem Ruder zu laufen. Frank, ja, er
würde wissen, was zu tun war, das hatte er immer
gewusst. Sie spürte, wie sich ihr Atem wieder norma-
lisierte.

In diesem Moment nahm sie ein Geräusch hinter sich
wahr und ehe sie reagieren konnte, wurde sie zu Boden geworfen und ihre Hände schmerzhaft auf dem
Rücken fixiert. Sie stöhnte auf, als etwas um ihre
Hände geschlungen und sie auf die Füße gezogen
wurde.

„Steven? Alles okay. Schick die Kavallerie los", sagte
plötzlich eine erstaunlich muntere Katerina Schulz
laut in den Raum.

„Was, was…"stammelte Susanne Eberhard, nachdem
sie von ihrer vermeintlich betäubten Besucherin
ziemlich unsanft mit nach hinten gefesselten Händen
auf einen Stuhl befördert worden war.

Jetzt trat Kate vor sie und lächelte sie an.

„Ach, Susanne, dieser alte Trick mit dem so plötzlich frisch gebrühten Tee zieht doch nicht, zumindest nicht bei mir."

Sie deutete zum Fenster. „Das Auto unten auf dem Parkplatz, der alte Ford Kombi. Er ist von deiner Tante Hedy, nicht wahr? Darin wolltet ihr mich also entführen, in der Tiefgarage des Klinikums?"

Kate erhielt keine Antwort, nur einen verwirrten, aber gleichzeitig hasserfüllten Blick.

Sie griff nach dem Telefon, das Susanne auf dem Fenstersims hatte liegen lassen.

„Und Frank Petermanns Telefonnummer auf deinem Handy gleich noch dazu."

In diesem Moment waren Schritte im Hausflur zu hören. „Die Kavallerie", sagte Kate und ging lächelnd in Richtung Tür.

Staatsanwalt Gebhardt hatte eingewilligt, dass Kate mit ihm das Verhör von Susanne Eberhard, dass Mike gemeinsam mit Marianne Jäger führte, am Bildschirm verfolgte.

Der Anwalt von Frank Petermann, den dieser sofort nach seiner Festnahme kontaktierte, hatte ihm wohl zu Stillschweigen geraten, dem er auch nachgekommen war. Aufgrund der Beweislage hatte Staatsanwalt Doktor Gebhardt aber doch einen Haftbefehl erlassen, auch in der Hoffnung, dass Susanne Eberhard vollumfänglich geständig war.

„Frau Eberhard, noch können wir ihnen lediglich die Beteiligung am Versuch der Entführung von Frau Schulz nachweisen, sowohl den Versuch sie zu betäuben, aber ich bin sehr zuversichtlich, dass wir bald wissen, dass sie ebenfalls an der Ermordung von Nadja Kostiak und schließlich auch von Petra Zimmermann beteiligt waren. Und Mord verjährt nie, das wissen sie", sagte Mike und sah Susanne Eberhard freundlich reserviert an.

Diese schluckte nervös. „Das können sie mir nicht beweisen", sagte sie mit brüchiger Stimme.

„Doch", sagte Marianne ruhig. „Denn Herr Petermann wälzt alles auf sie ab. Auf sie und auf Herrn Wischnewski, denn er hat ja versucht, Frau Schulz zu betäuben und zu entführen. Sie haben lediglich das Auto gefahren, den alten Ford ihrer Tante, mit gefälschten Kennzeichen."

Das mit Karlheinz Wischnewski war ein absoluter Schuss ins Blaue, aber nach Kates und Mikes

Meinung die einzige Alternative. Wischnewski konnte sich ungesehen beim Besuch seiner Patentante im Heim *Abendsonne* von dort entfernt haben. Die Alibis von Petermann und Anders jedoch waren bombensicher.

Die Farbe war nach Nennung von Karlheinz Wischnewskis Namen aus Susanne Eberhards Gesicht gewichen und sie sah gehetzt von Mike zu Marianne. „Aber…" stammelte sie und Marianne beugte sich etwas zu ihr hin.

„Frau Eberhard, wenn sie nichts mit den Morden an Petra Zimmermann und Nadja Kostiak zu tun haben, dann sagen sie es uns jetzt."

Diese faltete die Hände und presste sie fest gegen ihren Oberkörper.

Kate saß am Bildschirm und sah dann langsam zu Doktor Gebhardt hin.

„Sie wird reden", sagte sie so leise, als fürchte sie, Susanne Eberhard könnte sie hören.

„Na Gott sei Dank", murmelte der Staatsanwalt und ließ seinen Blick keinen Millimeter vom Bildschirm schweifen.

„Ich habe weder Nadja noch damals Petra getötet, ich wusste ja nicht einmal was davon", sagte Susanne Eberhard jetzt und sah Marianne eindringlich an.

Diese nickte ihr ermutigend zu. „Gut. Aber das müssen sie uns jetzt etwas näher erläutern."

Eine Träne löste sich aus Susanne Eberhards Augenwinkel und tropfte auf die Tischplatte.

„Frank, Frank Petermann war meine große Liebe",

sagte sie schließlich. Sie schüttelte den Kopf. „Er hat sie nicht erwidert, hatte ja keine Augen für mich, nur für Michi und Nadja. Aber es hat mich nicht gestört, solange ich ihn heimlich anhimmeln konnte."

Sie nahm das Glas Mineralwasser, das Marianne vor sie hingestellt hatte und nahm einen Schluck.

„Eines Tages dann sprach er mich nach der Schule an, einfach so. Ich bin knallrot geworden und habe nur herumgestammelt. Aber er fragte mich, ob ich nicht Lust hätte mit ihm und dem Kleeblatt, also ihm, Dieter, Markus und Karlheinz ein bissel abzuhängen, wie er es nannte."

Langsam stellte sie das Glas zurück und sah Marianne Jäger an, als hoffe sie bei ihr, als Frau, auf mehr Verständnis für ihre Situation.

„Ich habe schnell mitbekommen, dass sie mit kleineren Drogengeschäften und selbsthergestellten Rauschmitteln ihre chronisch klammen Kassen aufbesserten. Schließlich fragte mich Frank, ob ich ihm nicht ab und an etwas aus der Apotheke meines Vaters versorgen könnte. Das habe ich auch getan. Ich war so glücklich in seiner Nähe sein zu dürfen."

Sie holte tief Luft.

„Dann hat sich Petra Zimmermann immer mehr verändert, sie war schlanker geworden, modisch frisiert und hatte auch sehr moderne Anziehsachen, nicht so stylisch wie die von Michi und Nadja, aber immerhin."

Sie räusperte sich etwas. „Jedenfalls haben wir eine Lerngruppe gebildet, denn die Abiprüfungen rückten

162

immer näher und einmal hat Petra mir gestanden, dass sie in Frank verliebt und dieser ihr gegenüber nicht abgeneigt ist."

Susanne Eberhard brach ab und lehnte sich zurück. Mike musterte sie eindringlich. Dann stützte er beide Hände auf den Tisch. „Da haben sie beschlossen, dass ihre Nebenbuhlerin weg muss?"

Verwirrt sah Susanne Eberhard ihn an. „Nein", sagte sie mit einem Kopfschütteln. „Nein", wiederholte sie. „Ich war wie vor den Kopf geschlagen, aber dann passierte diese Sache."

„Welche Sache?", fragte jetzt Marianne nach.

Susanne Eberhard sah sie an. Sie schien erleichtert, dass die Kommissarin wieder das Gespräch führte. „Die Drogen. Irgendwie waren die Jungs aufgeflogen. Nur wusste noch niemand, wer die Täter waren. Sie hatten natürlich mächtige Angst, und ich auch. Immerhin standen unsere Studienzulassungen auf dem Spiel und Markus Vater war Staatsanwalt und gerade kurz vor einer Beförderung. Also hat Frank Petra angefleht, die Schuld auf sich zu nehmen. Er wusste doch, dass ihr Vater sehr gut mit dem neuen Stadtschulrat bekannt gewesen war."

„Und sie hat es gemacht?", warf jetzt Marianne ein.

Susanne Eberhard nickte. „Ja und der alte Brockmüller hat ihr nicht mal geglaubt. Schließlich hat Markus Vater etwas nachgeholfen, fragen sie mich nicht wie, aber am Ende stand Petra kurz vor dem Rauswurf. Aber irgendwie musste Brockmüller doch Zweifel gehabt haben, am Ende blieb Petra auf der Schule und

erhielt nur einen Verweis. Brockmüller hatte einen Verdacht und das sagte er den Jungs auch ziemlich deutlich. Das war das Ende der Geschäfte der vier."
„Aber was passierte mit Petra Zimmermann?", fragte jetzt Mike ungeduldig, was ihm einen kurzen, tadelnden Blick von Marianne einbrachte.
Susanne Eberhard sah zu ihm hin. „Ich weiß nicht genau was passiert ist, Herr Hauptkommissar, das müssen sie mir glauben. Frank kam eines Abends zu mir und sagte, Petra müsse verschwinden. Er habe sie überredet, für ein paar Wochen nach Leipzig zu einer Bekannten zu gehen. Er habe ihr ein ärztliches Attest versorgt und sie komme erst zu den Prüfungen wieder. Dann habe sich der Sturm gelegt. Ich müsste aus ihrem Zimmer ein paar Sachen holen. Also gab er mir den Wohnungsschlüssel und ich bin hin. Ich kannte die Wohnung der Zimmermanns und ich wusste auch, dass ihre Mutter um diese Zeit tief und fest schläft. Die Medikamente hatte sie ja aus unserer Apotheke. Ich packte also alles, was Frank mir gesagt hatte, in Petras Rucksack und brachte ihn zu ihm."
Mike schüttelte nur mit dem Kopf, schwieg aber.
Marianne sah Susanne Eberhard eindringlich an.
„Und sie sind kein bisschen stutzig geworden?"
Diese schüttelte den Kopf. „Nein."
Dann schluckte sie. „Zumindest nicht gleich. Aber als Petra nicht wieder auftauchte und stattdessen die Polizei, da ahnte ich etwas."
Sie schloss die Augen und drückte wieder ihre Fäuste

164

gegen den Oberkörper.

„Ja", sagte sie schließlich leise. „Ich hätte etwas sagen müssen. Aber ich hatte immer noch gehofft, das aus uns, also Frank und mir etwas wird."

„Wurde es aber nicht?", fragte jetzt Mike.

Sie schüttelte den Kopf. „Es war so eine verrückte Zeit. Wir waren ja mitten in den Prüfungen und dann." Sie brach kurz ab. „Dann sind meine Eltern mit mir in den Urlaub geflogen, nach Bulgarien. Sozusagen als Belohnung für mein gutes Zeugnis. Meinen Studienplatz in Berlin hatte ich da bereits in der Tasche und als wir zurück nach Plauen kamen, war das Kleeblatt in alle Winde verstreut. Jeder hatte seinen Studienplatz, faktisch in ganz Deutschland verteilt."

Mike war aufgestanden und ging um den Tisch näher an Susanne Eberhard heran. Er lehnte beide Arme auf den Tisch, sodass sie seinem Blick nicht ausweichen konnte. „Und sie sind nie auf die Idee gekommen, das mit Petra etwas passiert ist, etwas, was mit Petermann und den anderen zu tun hatte?"

Sie schluckte und sah hilflos zu Marianne hinüber, die aber nicht einschritt.

„Also, Frau Eberhard?", bohrte Mike nach. „Oder wollen sie allein für den Mord an Petra Zimmermann einstehen? Es war Mord, das wissen wir inzwischen."

Das er bluffte, registrierte Susanne Eberhard in ihrer Aufregung nicht. Sie schluckte hektisch und fast schien es, als beginne sie zu hyperventilieren.

Mike ging etwas auf Abstand.

„Frau Eberhard, sagen sie uns, was sie wissen. Es belastet sie doch, das spüre ich", sagte jetzt Marianne in ihrer ruhigen, mütterlichen Art.

Die Angesprochene nickte und atmete wieder ruhiger. „Ich habe wirklich nicht gedacht, dass sie ihr etwas angetan haben, das müssen sie mir glauben. Ich habe schließlich versucht es zu vergessen, was schwer war, denn nach dem Studium, als ich in der Apotheke meiner Eltern angefangen habe, traf ich so oft auf Frau Zimmermann. Es gab mir immer einen Stich ins Herz sie so zu sehen. Irgendwie hat es mich wie ein Fluch verfolgt. Kurz vor diesem Klassentreffen stand plötzlich Frank Petermann bei mir in der Apotheke und sagte, er müsse mit mir reden. Nadja Ahlert, jetzt Kostiak, würde ihn und die anderen erpressen. Sie musste irgendwie herausbekommen haben, was damals mit Petra wirklich passiert ist."

Mike, der sich inzwischen wieder gesetzt hatte, fuhr mit dem Oberkörper etwas nach vorn.

„Was war denn passiert?", fragte er, bemüht, nicht allzu ungeduldig zu klingen.

„Petra wollte reinen Tisch machen. Sie hatte wohl durchschaut, das Frank sie nur manipuliert hatte. Sie wollte Brockmüller sagen, dass sie gelogen hat."

Susanne Eberhard presste die Hand an den Mund und Tränen quollen aus ihren Augen. „Es war ein Unfall, hat Frank gesagt, sie hätte auf ihn eingeschlagen, er hat sie nur abgewehrt. Da ist sie mit dem Kopf auf einen Stein gestürzt, sie war sofort tot."

Mike reichte ihr über den Tisch ein Taschentuch.

„Und das haben sie geglaubt?"

Sie fuhr sich über die Augen und zog etwas die Nase hoch. „Ich wollte es glauben. Ich dachte doch nie das Frank ein Mörder ist."

„Hat er gesagt, was mit der Leiche von Petra passiert ist?", fragte jetzt Marianne Jäger.

„Nein, das hat er nicht. Er bat mich nur, Kontakt zu Nadja aufzunehmen und herauszubekommen, was sie weiß. Das habe ich auch gemacht, aber Nadja hat wohl den Braten gerochen und dicht gemacht."

Mike nickte. „Also musste sich Petermann auch ihrer entledigen und es Dieter Fröschel in die Schuhe schieben. Clever, aber eben nicht clever genug.", murmelte er.

Susanne Eberhard warf ihm einen schnellen Blick zu, sah dann aber wieder Marianne Jäger an. Diese nickte ihr aufmunternd zu.

„Markus, Karlheinz und auch Dieter wussten, dass Nadja für sie eine tickende Zeitbombe war, aber Frank hatte das meiste zu verlieren. Er ist als neuer leitender Chefarzt vorgesehen, diese Chance konnte und wollte er sich nicht entgehen lassen. Sogar wenn nur ein Verdacht an ihm hängen bleiben würde, wäre es aus."

„Aber wie hat er sie alle dazu bekommen, mitzumachen?", fragte jetzt Mike.

Susanne Eberhard sah ihn traurig an. „Weil wir alle in der Sache mit drinhingen."

„Also hat Petermann Nadja Kostiak erschossen. Markus Anders und Karlheinz Wischnewski kannten seinen Plan und auch, dass er es am Ende Dieter Fröschel in die Schuhe schieben wollte. Darum haben beide verhindert, dass Dieter etwas zu mir sagt", fasste Kate in der späteren Besprechung zusammen. Der Staatsanwalt schüttelte den Kopf. „Dieser Plan war doch verrückt, er hätte zu jeder Zeit auch nicht klappen können."

Kate nickte. „Ja, dass ich dort auftauche, damit haben sie zum Beispiel nicht gerechnet. Also mussten sie improvisieren."

Karsten Windisch rieb sich mit beiden Händen über das Gesicht. Dann sah er zwischen Kate und Mike hin und her. „Natürlich wusste er, dass wir keine Schmauchspuren bei ihm oder jemand anderes suchen, wenn der Täter im Vorfeld feststeht. Er hat uns beinahe ausgeknockt."

Kate lächelte ihn an. „Aber nur beinahe."

Dann wurde sie wieder ernst. „Petermann hat Nadja erschossen und Susanne, die inzwischen in einer der Kabinen gewartet hat, hat dann Petermann, genau nach seinen Instruktionen, in den Oberschenkel geschossen. Dieter, der auch auf der Toilette war, kam herübergelaufen, sah Nadja und wollte ihr helfen. Daher das Blut. Dann muss ihn Petermann irgendwie dazu gebracht haben, die Waffe zu nehmen."

Der Staatsanwalt runzelte die Stirn. „Und wo war diese Susanne Eberhard inzwischen?"

„Wieder in der Kabine und als Fröschel sich über

Nadja Kostiak beugte, muss sie an ihm vorbeigeschlüpft sein und hat sich derweil in der Männertoilette versteckt", ergänzte Marianne Jäger.

„Trotzdem", wandte Doktor Gebhardt ein. „Das Fröschel das alles so mitgemacht hat."

„Er stand nicht nur unter starken Medikamenten, sein Hirndruck war auch relativ hoch und er hatte zumindest etwas Alkohol getrunken. Alles Faktoren, die sein logisches Denken nahezu ausgeschaltet haben. Er war das ideale Opfer", wandte jetzt Omar Amri ein.

Kate sah zu ihm hin. „Aber er war zumindest so klar, mich nicht zu erschießen und er wollte für seine Schuld büßen."

„Schuld?", fragte der Staatsanwalt verwirrt.

„Er war immerhin mit in diesem Kleeblatt, wie sie sich nannten und muss zumindest geahnt haben oder auch gewusst, was mit Petra Zimmermann passiert ist", sagte Kate in seine Richtung.

Omar nickte etwas vor sich hin. „Dann ist meine Theorie wohl doch nicht so von der Hand zu weisen, dass er sich erschießen lassen wollte?"

Staatsanwalt Gebhardt wandte sich zu ihm.

„Bei allem Respekt, Herr Professor Amri, aber das ist wohl eine sehr kühne Hypothese."

Omar zuckte die Schultern und sah, wie Kate ihm zunickte.

Doktor Gebhardt erhob sich und sah in die Runde.

„Trotz allen Unklarheiten, sie haben den Fall geklärt, auch durch den Einsatz von Frau Schulz. Vielen

Dank noch einmal an sie."

Dann sah er Mike an. „Bitte schicken sie mir alle Unterlagen zeitnah zu und wir besprechen uns dann nochmals kurzfristig. Auch wenn wir die Aussage von Frau Eberhard haben, es wird ein Indizienprozess gegen Frank Petermann. Aber ich bin sehr optimistisch."

Nachdem er gegangen war, lehnte Mike sich zurück. „Wenn wir nur die sterblichen Überreste von Petra Zimmermann hätten", sagte er.

Omar nickte in seine Richtung. „Ich würde herausfinden, ob die Unfalltheorie stimmt oder, was eher zu vermuten ist, Petermann sie ebenso kaltblütig umgebracht hat wie Nadja Kostiak."

Mike klappte seinen Laptop zusammen. „Ich hoffe, wir bekommen etwas aus diesem Karlheinz Wischnewski heraus. Er war ja an der versuchten Entführung von Kate beteiligt, so haben wir zumindest, nicht wie bei diesem Markus Anders, ein wirksames Druckmittel."

Damit beendete er die Besprechung.

Kapitel 14

Kate stand vor der Tür zum Kaffeehaus Müller und schaute hinein. Es war spät und bereits geschlossen, aber die Lampen leuchteten alles aus, das Ladengeschäft und auch das Café. Es war kühl und Kate begann zu frösteln. Sie zog instinktiv die Schultern etwas nach oben und rieb die kalten Hände aneinander. So fühlte sich eigentlich kein lauer Frühlingsabend an.

„Warum bist du hier?", fragte sie plötzlich eine Stimme und Kate schrak zusammen. Markus Anders stand neben ihr und lächelte sie an. Sie lächelte zurück. „Ach du bist es. Hast du mich erschreckt. Mit dir hätte ich gar nicht gerechnet."

„Nein?", fragte er und das Lächeln war verschwunden. Instinktiv trat Kate einen Schritt zurück, nur, um gegen eine andere Person zu prallen. Dessen Hände umfassten ihre Schultern.

„Markus hat dich etwas gefragt", sagte eine Stimme, in der sie Frank Petermann erkannte. Schnell fuhr sie herum. „Du bist frei?", fragte sie verstört.

Er lachte leise, ein boshaftes Lachen. „Natürlich. Glaubst du wirklich, dass Susanne, diese kleine Schlampe, gegen mich ausgesagt hätte? Sie hat alles widerrufen, gesagt, dieser Hauptkommissar Köhler hätte sie unter Druck gesetzt. Mein Anwalt hat sich halb totgelacht und mich innerhalb von 24 Stunden auf freiem Fuß gehabt."

Kate spürte, wie ihr Mund trocken wurde. Was war

hier los? Warum kamen ausgerechnet heute keine Passanten vorbei? So spät war es ja nun auch wieder nicht. Endlich sah sie einen Mann, der die Treppe aus dem Lichthof kommend heraufkam. Sie wollte rufen, auf sich aufmerksam machen, aber dann sah sie, wer es war, Karlheinz Wischnewski.

„Na, da wären wir ja komplett", sagte Petermann leise. Kate spürte einen kalten Gegenstand zwischen ihren Schulterblättern. Er hatte eine Waffe.

„Und jetzt, meine Liebe, wirst du den gleichen Weg gehen wie Petra und Nadja." Er stieß sie mit der Waffe an. „Los vorwärts und keine Tricks."

Kate hatte das Gefühl, als seien ihre Füße auf dem Boden festgefroren.

Dann hörte sie eine leise Stimme in ihrem Kopf, es war die Stimme von Dieter Fröschel.

„Sie töten dich, Katherina, genau wie Petra. Sie ist das Alpha und das Omega. Denke daran, das Alpha und das Omega. Lauf weg, schnell."

Aber sie konnte nicht laufen, sie spürte nur, wie die Waffe in ihrem Rücken immer drängender wurde.

„Los," zischte jetzt Markus Anders, aber sie schüttelte nur den Kopf.

„Ich kann nicht", sagte sie.

„Dann erledigen wir sie gleich hier", sagte Petermann mit so gelassener Stimme, als wolle er eine Bestellung in einem Restaurant aufgeben.

Kate spürte, wie die Waffe in ihrem Rücken entsichert wurde und begann zu schreien, so laut sie konnte.

„Kate, wach auf, Kate."

Sie schreckte hoch und sah in Mikes Augen, die geweitet auf sie herabblickten. Er trug, wie immer im Bett, nur eine Boxershort. Erstaunt sah sie sich um. „Wie komme ich... wie komme ich hier her?", fragte sie mit heiserer Stimme.

„Du hattest einen Alptraum und hast geschrien", sagte Mike und reichte ihr vom Nachttisch ein Glas Wasser. Langsam setzte sie sich auf und trank einen Schluck. Dann atmete sie ein paar Mal ein und aus. „Der Traum, er war so real. Ich dachte, sie bringen mich um." Sie sah zum Fenster, es begann gerade hell zu werden.

Mike strich ihr über die Schulter. „Geht es wieder?" Kate nickte und gab ihm das Glas zurück. „Ich stehe auf", sagte sie und versuchte sich an einem halbherzigen Lächeln. „Du kannst ja noch etwas schlafen."

Er schüttelte den Kopf und schwang sich aus dem Bett. „Komm, wir trinken einen Kaffee", sagte er und war schon zur Tür hinaus, wahrscheinlich auch, um Kate noch ein paar Minuten zu geben. Dankbar darüber ging sie ins Bad und ließ sich auf den Toilettendeckel sinken. Mein Gott, das war so ein realistischer Traum gewesen. Nach einer Weile erhob sie sich und wusch sich das Gesicht kalt ab. Ihre Lebensgeister begannen sich wieder zu aktivieren.

In der Küche hatte Mike ihr bereits einen Kaffeebecher bereitgestellt, während er an der Küchenzeile lehnte und seinen Kaffee trank. Dabei sah er sie eindringlich an. Sie erwiderte seinen Blick. „Du solltest mit Doktor Feigler sprechen", sagte er.

Langsam schüttelte sie den Kopf. „Mike, es war ein Alptraum, okay? Konstruiere daraus jetzt bitte keine posttraumatische Belastungsstörung."

Er zuckte betont lässig die Schultern. „Bitte. Dann kannst du ja einfach so mit Doktor Feigler sprechen."

Sie sah in ihren Becher, trank aber nicht, sondern drehte ihn hin und her. Schließlich stellte sie ihn zurück.

„Kate?", fragte Mike alarmiert, aber sie hob nur kurz die Hand. „Das Alpha und das Omega", murmelte sie zweimal vor sich hin.

„Kate?" Mikes Stimme wurde jetzt eindringlicher und er stand neben ihr mit sorgenvoll gekrauster Stirn. Sie sah zu ihm auf. „Ich bin nicht verrückt", stellte sie klar.

Er nickte. „Das beruhigt mich", sagte er und setzte sich neben sie. „Also, was ist?"

Sie nahm jetzt doch ihren Kaffeebecher und trank.

„Wer hat Dieter Fröschels Wohnung durchsucht?", fragte sie.

Er sah sie erstaunt an. „Durchsucht?", fragte er verwirrt. Kate holte tief Luft. „Also wurde sie nicht durchsucht", stellte sie fest.

Mike rollte die Augen nach oben. „Wozu auch? Die Dresdner Kollegen haben sie oberflächlich in Augenschein genommen, ob es einen Abschiedsbrief oder ähnliches gab."

Sie nickte. „Gut, dann frag sie, ob wir uns die Wohnung ansehen dürfen."

174

„Ich frage mich wirklich, warum wir jetzt nach Dresden fahren?", sagte Mike bereits zum zweiten Mal, als sie sich jetzt auf der A 4 der Anschlussstelle Wilsdruff näherten. Kate wandte ihren Kopf zu ihm hin, während er stur auf die Fahrbahn vor sich starrte.

„Ich habe dir doch gesagt, wir finden die letzten Spuren in Dieters Wohnung, kannst du mir nicht mal ein bisschen vertrauen?"

Jetzt wandte er sich ihr doch zu. „Ich hatte Mühe, die Kollegen in Dresden zu überzeugen, uns den Wohnungsschlüssel zu überlassen. Dein Glück, das Doktor Gebhardt so begeistert von dir ist", sagte er und malte mit der einen Hand ein Gänsefüßchen in die Luft, während er mit der andern das Lenkrad hielt.

„Er hat mir faktisch Schützenhilfe gegeben."

Er sah Kates breites Grinsen und musste jetzt auch lächeln.

Dann deutete er nach vorn. „Dort, die Raststätte Dresdner Tor. Wollen wir einen Kaffee trinken?"

Aus dem Augenwinkel sah er, wie Kate den Kopf schüttelte. Das Jagdfieber hatte sie gepackt und sie wollte möglichst schnell in Dieter Fröschels Wohnung.

„Auf der Rückfahrt also" ergänzte er.

Sie fuhren bis zur Autobahnabfahrt Dresden Flughafen und von dort per Navi in die Gertrud-Caspari-Straße. Vor einem solide restaurierten Altbauhaus sahen sie bereits einen Streifenwagen der Dresdner Polizei stehen. Mike fand eine Parklücke und nachdem er sich vorgestellt und ausgewiesen hatte, übergab der Polizist ihm den Schlüssel.

„Wann soll ich wiederkommen?", fragte er.

„Sie können warten, es dauert nicht lange", mischte sich jetzt Kate ein und lächelte den jungen Uniformierten freundlich an. Im Glauben, sie sei auch Kriminalpolizistin, nickte er und Kate folgte Mike ins Haus.

In der zweiten Etage war die Wohnung von Dieter Fröschel und da die gesamten Ermittlungen noch nicht abgeschlossen waren, auch noch nicht für die Erben freigegeben.

„Es ist wirklich wie in einem Labor", murmelte Mike, als er sich in der geräumigen Drei-Raum-Wohnung umsah. Keine Bilder, keine Pflanzen, alles akribisch an seinem Platz. Kate hatte dafür scheinbar keinen Blick. Sie ging zielstrebig auf das große Bücheregal zu und musterte die Titel.

„Verrätst du mir jetzt was wir suchen?", fragte Mike und stellte sich neben sie.

„Die Bibel", sagte sie schließlich.

Stirnrunzelnd sah Mike sie an. „Und dafür sind wir nach Dresden gefahren?"

Kate verdrehte etwas die Augen. „Sorry, das war der falsche Ausdruck. Nicht eine Bibel sondern…" Sie stockte und deutete nach oben. „Diese Bibel."

Mike stellte sich auf die Zehenspitzen und angelte sie aus dem Regal. Kate nahm sie, legte sie auf einen Tisch und öffnete sie. Es war ein älteres Exemplar, scheinbar die Familienbibel.

„Und jetzt?", fragte Mike.

Kate sah ihn an. „Die Offenbarung des Johannes."
Als Mike die Schultern zuckte, schlug Kate zielsicher
die richtigen Seiten auf. Dort war ein dünnes Papier
eingeklemmt. Kate reichte es Mike. Vorsichtig schlug
er das Papier auseinander und überflog es.
„Es ist ein Geständnis oder vielmehr eine Aussage.
Ordnungsgemäß unterschrieben. Und er schreibt, wo
Petermann Petra Zimmermann vergraben hat."
Kate schloss die Bibel wieder und ließ sie an dem
Platz liegen. „Komm", sagte sie. „Wir sollten den jun-
gen Mann nicht unnötig warten lassen. Jetzt wissen
wir, wo Petra liegt und Omar wird feststellen, dass
ihr Tod kein Unfall war."
Mike nickte und steckte den Zettel sorgfältig in eine
Beweismitteltüte. Dann sah er Kate an. „Wie bist du
darauf gekommen?", fragte er, als sie die Wohnung
sorgfältig von außen wieder verschlossen.
„In meinem Alptraum hat Dieter mir immer wieder
die Worte zugeflüstert *Petra ist das Alpha und das
Omega*, und am Morgen ist es mir dann eingefallen.
Diese Worte, die er kurz vor seinem Tod zu mir gesagt hat, waren ein Hinweis."
Mike blieb mitten auf der Treppe stehen, sodass Kate
fast in ihn hineingelaufen wäre.
„Worauf denn?", fragte er ungeduldig. „Lass dir
doch nicht jedes Wort aus der Nase ziehen."
Sie klopfte an seine Jacke, wo in der Tasche der Zettel
steckte. „Ich bin das Alpha und das Omega, der
Erste und der Letzte, der Anfang und das Ende, das
ist aus der Offenbarung des Johannes. Dieter wusste,

177

dass ich katholisch bin und diesen Hinweis verstehen würde. Es hat nur eine Weile gedauert."

Mike schüttelte den Kopf.

„Manchmal frage ich mich, wie wir bisher ohne dich ausgekommen sind." Kate deutete einen Knicks an.

„Aber gerne doch", sagte sie lächelnd.

Aussage

Am 24. August hat Frank Petermann Petra Zimmermann in der Wohnung seiner abwesenden Eltern im Streit erschlagen. Uns hat er gesagt, sie sei ausgerutscht und unglücklich gestürzt, aber es war uns klar, dass diese Kopfwunde nicht von einem Sturz kommen konnte.

Petra wollte uns und unsere Drogengeschäfte auffliegen lassen, also hatte sich Frank bereit erklärt es zu „regeln". Das Ende war Petras Leiche. Wohin mit ihr?

Ich wollte zur Polizei gehen, aber die anderen sagten, ich würde genauso mit drinhängen und wir alle könnten daraufhin als Vorbestrafte unser Abitur und unser Studium vergessen. Wie immer hatte Markus eine Idee. Seine Nachbarin, Frau Käthe Rentsch, war kürzlich verstorben und auf dem Friedhof 2 im Familiengrab beerdigt worden. Karlheinz hatte den Wartburg Kombi seines Vaters besorgt und wir haben Petras Leiche nach Mitternacht zum Friedhof gefahren. Das Tor zu öffnen war nicht schwer und wir haben sie zu dem Grab gebracht. Markus hatte Planen besorgt und Schaufeln und so haben wir die Kränze und Gestecke heruntergenommen, das Grab ausgehoben und die Erde auf die Planen geschaufelt. Petras Leiche haben wir auf den Sarg gelegt und dann alles wieder zugeschaufelt und abgedeckt. Ich hatte wochenlang Angst, irgendjemand

178

würde es bemerken, aber so war es nicht. Petras Leichnam liegt noch immer dort. Wir alle waren an dieser Tat beteiligt, aber getötet hat sie Frank Petermann. Jetzt, da ich meine Diagnose kenne, glaube ich, vielleicht ist es die Strafe für mein Schweigen. Was mag Petras Mutter in all den Jahren durchgemacht haben. Ich bitte sie von ganzem Herzen um Verzeihung.

Ich hoffe, dass nach meinem Tod auch Petermann seiner gerechten Strafe zugeführt wird. Wer sich fragt, warum ich nicht schon eher mein Schweigen gebrochen habe, muss ich sagen, ich hatte und habe Angst vor Frank Petermann, wie die anderen auch.

Darunter Ort, Datum und Unterschrift.

Mike legte das Blatt aus der Hand und sah Kate an.

„Damit haben wir also nicht nur Petra Zimmermanns sterbliche Überreste, wir haben auch endlich Beweise gegen Frank Petermann, nicht nur die Aussage von Susanne Eberhard. Jetzt ist er dran, Mord verjährt nicht und den Mord an Nadja Kostiak weisen wir ihm auch nach. Damit dürfte er lebenslänglich ins Gefängnis gehen."

Kate nickte.

Sie saßen in der Raststätte Dresdner Tor bei einem Cappuccino. „Nadja muss irgendwie Wind von der Sache bekommen und Frank erpresst haben."

Sie schob ihre Tasse hin und her. „Frank Petermann ein eiskalter Killer, wow", sagte sie leise.

Mike sah sie an. „Ich denke fast, er wäre mit der Sache durchgekommen, wenn du nicht bei diesem Klassentreffen aufgetaucht wärst. Du warst die unbekannte Größe in seinem Plan, also musste er improvisieren."

Kate schüttelte langsam den Kopf. „Nicht nur er, auch die anderen. Markus und Karlheinz. Dieter war im Prinzip das Bauernopfer und mit Sicherheit nicht eingeweiht in die Pläne des Kleeblattes."

Sie schob ihre noch volle Tasse weg.

„Lass uns fahren", sagte sie.

Kapitel 15

Als Helga Zimmermann die Tür öffnete, ahnte sie bereits, welche Nachricht Kate bringen würde. In ihre Augen stiegen Tränen, aber sie wischte sie energisch zur Seite. „Katherina. Komm bitte herein."
Sie deutete auf das Wohnzimmer und Kate trat ein. Es kam ihr wie eine Ewigkeit vor, seit sie hier zum letzten Mal gewesen war. Und das war es auch, doch hatte sich nichts verändert. Die Bilder von Petra, allein oder mit ihren Eltern, beziehungsweise mit ihrer Mutter, standen überall verteilt im Raum. Sie setzte sich in einen hellen Ledersessel und wartete, bis Helga Zimmermann mühsam ihr gegenüber Platz genommen hatte. „Ich habe gehört, was zu diesem Klassentreffen passiert ist, Katherina." Sie griff nach Kates Hand und drückte sie. „Und ich bin so froh, dass dir nichts passiert ist."
Dann zog sie die Hand wieder zurück und räusperte sich etwas. „Hatte das alles…ich meine, hatte es etwas mit Petra zu tun?"
Kate atmete tief ein. „Ja. Am Ende hatte es alles damit zu tun."
Frau Zimmermann nickte langsam. „Dann ist sie tot, meine Petra?"
Jetzt war es Kate, die Helga Zimmermanns Hand ergriff. „Ja, Frau Zimmermann. Petra hat sie nicht verlassen. Sie wurde ermordet und der Täter hat es so aussehen lassen, als sei sie verschwunden. Er wusste von Petra das sie nachts starke Schlafmittel nehmen,

um überhaupt ein paar Stunden Schlaf zu finden. Er hat jemand beauftragt, mit Petras Schlüssel hier in die Wohnung zu gehen, ihre Sachen zu packen und ihre Papiere und Geld mitzunehmen. Für die Polizei sah es letztendlich so aus, als sei Petra freiwillig untergetaucht. Sie hatte auch mit dieser Drogengeschichte nichts zu tun, das war auch der Anlass für alles weitere."

Kate ging bewusst nicht auf Details ein, auch nicht, dass es Susanne Eberhard gewesen war, die Petras Sachen aus der Wohnung geholt hatte.

Solange Doktor Frank Petermann nicht rechtskräftig verurteilt war, konnte und durfte sie Frau Zimmermann nicht die Einzelheiten darlegen. Außerdem ging es auch noch um die versuchte Entführung von ihr. Aber daran war diese scheinbar gar nicht interessiert. „Wo, ich meine, hat man Petras Leiche gefunden?" Ihre Stimme zitterte, aber sie sah Kate wieder mit diesem intensiven Blick an, der diese von Anfang an beeindruckt hatte.

„Ja. Das hat man. Frau Zimmermann, Petra hat nicht leiden müssen. Sie war sofort tot und der Täter." Sie räusperte sich etwas. „Er hat sie auf dem Friedhof begraben. Jetzt ist sie im rechtsmedizinischen Institut und man hat zweifelsfrei festgestellt das es Petra ist."

Frau Zimmermann nickte. „Sie können sie beerdigen", ergänzte Kate und die alte Dame nickte wieder. „Ja, an der Seite ihres Vaters. Dort, wo ich auch einmal hinkommen werde." Ihre Stimme war jetzt fest. Sie erhob sich und Kate ebenfalls.

Fest nahm Frau Zimmermann sie in die Arme. „Ich
danke dir, Katherina. Du hast mir meinen Frieden
wieder gegeben."

Diese spürte einen Kloß in ihrem Hals und konnte
nur nicken. Als Frau Zimmermann sie aus der Umarmung entließ und ihre Hände ergriff, kämpfte sie mit
den Tränen.

„Weißt du Katherina, ich habe es die ganzen Jahre
geahnt, das Petra tot ist. Eine Mutter fühlt so etwas."

Sie nickte und ließ Kates Hände los. „Ich bin nur sehr
traurig, dass deswegen noch zwei Menschen sterben
mussten und du zwischen die Fronten geraten bist."

Kate versuchte sich in einem halbherzigen Lächeln.
„Das ist für mich nicht das erste und sicher nicht das
letzte Mal. Aber ich wäre auch froh, wenn ich den
Tod von Nadja und Dieter hätte verhindern können."

Als Frau Zimmermann sie zur Tür brachte, fragte sie
plötzlich: „Katherina, kommst du zu Petras Beerdi-
gung?"

Diese blieb im Türrahmen stehen. „Nicht nur ich,
Frau Zimmermann. Viele aus unserer Klasse werden
auch kommen." Zum letzten Mal umarmte sie Frau
Zimmermann und ging hinaus.

Mike öffnete die Wagentür und ließ sie einsteigen.
Nachdem er schweigend losgefahren war, sah er
kurz zu ihr hinüber. „Und?", fragte er.

„Ich habe ihr alles gesagt, ohne Details preiszugeben,
genau wie abgesprochen. Jetzt kann sie endlich ihren
Frieden machen. Auch wenn Frank weiterhin
schweigt, so haben zumindest Markus und Karlheinz

ihre Beihilfe an dem Verschwinden der Leiche von Petra zugegeben. Angeblich haben sie nichts gewusst von Franks Plan, Nadja zu töten, aber das glaube ich nicht. Sie waren eingeweiht, genau wie Susanne. Ich frage mich nur, warum alle solche Angst vor Frank Petermann hatten. "

Als Mike nicht antwortete, sah sie zu ihm hinüber.

„Was ist?", fragte sie, als sie seinen Blick bemerkte.

„Ich wollte eigentlich wissen, wie es dir geht", antwortete er leise. Kate lehnte sich in den Autositz zurück und sah eine Weile aus dem Fenster. Sie wusste, was er meinte. Der Fall war, ob mit oder ohne Frank Petermanns Geständnis, abgeschlossen. Er war des Doppelmordes überführt und früher oder später würde ihm sein Anwalt raten, sich kooperativ zu zeigen. Aber die Alpträume plagten Kate noch immer. Immer und immer wieder erlebte sie die Situation, dass Frank und die anderen sie entführten und töteten.

Gerade fuhren sie über die Friedensbrücke, als sie sich Mike zuwandte.

„Ich habe mit Doktor Feigler gesprochen. Morgen habe ich einen Termin", sagte sie und berührte sanft Mikes Bein. Er ließ mit einer Hand das Lenkrad los und ergriff ihre Hand auf seinem Bein.

Er drückte sie fest. „Pass auf, du fährst nur einhändig", sagte Kate, als er sich rechts zum Abbiegen einordnete.

„Ich bin die Polizei", sagte er mit strenger Miene und Kate lachte auf.

Nachwort:

Die von mir geschilderten Geschichten, Einrichtungen und Menschen sind fiktiv.

Real ist die Plauener Kaffeerösterei und ihr Besitzer Daniel, der so freundlich ist, mir zu gestatten, immer Teile meiner Geschichten in seinen Räumen anzusiedeln. Ebenso real ist die Konditorei Müller in Plauen (mein Stammcafé!) und ihr Besitzer Rico Wagner. Ich hoffe, er verzeiht mir, dass diesmal sein wunderbares Kaffeehaus ein blutiger Tatort wurde…

Im Übrigen, vielleicht sollte man ja im Kaffeehaus Müller oder in der Neuen Kaffeerösterei einmal Ausschau halten…Kate, Mike und Omar sollen dort schon gesichtet worden sein ☺. Aber zumindest kann man mich dort immer einmal antreffen…

Zur Autorin:

Annette G. Krupka wurde in Plauen geboren.
Sie besuchte hier die Schule, lernte Krankenschwester, studierte später Pflegemanagement, erwarb einen Masterabschluss und ist als freiberufliche Unternehmensberaterin tätig.
Heute lebt sie in einer Thüringer Kleinstadt und hat ein Fachbuch zum Thema Pflege veröffentlicht.

„Klassentreffen" ist der dreizehnte Teil um die ehemalige FBI-Agentin Kate Schulz.
Bisher erschienen sind:
Lebensborn
Golem
Entführt
Methusalem
Filmriss
Virus
Engelsflug
Würgemale
Verlassen
Culpa
Phobie
Stollentod
Weitere Folgen sind geplant.

Nach England und Schottland entführt die Reihe um Jane MacKenzie und Detective Inspektor Peter Brown.
Bisher erschienen sind:
Der Hyde Park Mörder
Die Rache der Kali

Auch hier wird es weitere Folgen geben.

Liebe Leser, danke, dass Sie Kate Schulz bis zum
Ende des dreizehnten Falles gefolgt sind.

Sind Sie neugierig, wie es weiter geht mit Kate
Schulz???
Bald ist es so weit:

Kate Schulz 14 – „Game" –

In Fröbersgrün bei Plauen wird ein Landwirt ermordet. Kurz darauf gibt es eine weitere Tote, nur wenige Kilometer vom ersten Tatort entfernt. Ein mögli-
cher Täter, Achim Steinert, Mitbegründer einer Um-
weltaktion, der mit beiden Toten ständig Auseinan-
dersetzungen hatte, ist schnell ausgemacht.
Hauptkommissar Köhler ist optimistisch, die Fälle
möglichst zügig abzuschließen. Allerdings reichen
die Beweise gegen der Umweltaktivist nicht aus.
Steinert muss aus der Haft entlassen werden. Kurz
darauf geschieht ein neuer Mord, direkt am Plauener
Kemmlerturm.
Rechtsmediziner Professor Omar Amri stellt schnell
fest, es ist die gleiche Tatwaffe wie in den beiden ersten Fällen. Ist Steinert ein eiskalter Killer oder nur ein
Rädchen in einem perfiden Spiel? Aber wie stehen
die Morde dann in Zusammenhang? Mike Köhler
und seinem Team läuft die Zeit davon. Schließlich ist
es Kate Schulz, die einen bizarren Zusammenhang
entdeckt.

Leseprobe- „**GAME**"

Franz Weidler schloss sorgfältig das Tor des Schweinestalls. Dabei überprüfte er genau, ob der Schließzylinder einrastete und dann stellte er über sein Smartphone die Alarmanlage scharf.

„Wenn das mein Vater noch erlebt hätte, dass man hier alles sichern muss wie die Kronjuwelen, im Grab würde er sich umdrehen", murmelte er kopfschüttelnd und ging in Richtung seines Wagens, eines alten Ford Kombi, den er für seine Stall- und Weidebesuche nutzte. Entsprechend dreckig war das Auto, Schlammspritzer bis auf das Dach. Als er einsteigen wollte, sah er, dass er am Hinterrad einen Platten hatte.

„Scheiße, das fehlt mir noch", fluchte er leise. Brunhilde wartete mit dem Abendessen auf ihn und sie wurde sauer, wenn er zu spät kam. Er warf einen kurzen Blick zum Himmel, es dauerte noch eine Weile, bis es dunkel sein würde. Er öffnete den Kofferraum und suchte nach dem Ersatzrad und dem Wagenheber. Als er beides gefunden und neben das defekte Rad gelegt hatte, sah er, dass dieses regelrecht aufgeschlitzt war. Das war keine Scherbe oder ein Nagel gewesen, in das er reingefahren war, hier hatte jemand mit einem Messer zugeschlagen. Hektisch sah er sich um.

In diesem Moment kam ein Moped den Feldweg herangezottelt. Es war sein Nachbar, Karli Fischer mit seiner alten Simson SR2.

„Panne?", rief er über den Motorenlärm seines altersschwachen Mopeds hinweg und hielt neben Franz an, ohne den Motor des Mopeds abzustellen. Aus gutem Grund, die Wahrscheinlichkeit, es problemlos wieder starten zu können, lag gegen Null.

„So eine Sau hat mir das Rad aufgeschlitzt, als ich im Stall war", brüllte Franz über den Lärm hinweg.

„Soll ich dir helfen?", bot sein Nachbar ziemlich halbherzig an. Franz schüttelte den Kopf. „Sag bloß Brunni Bescheid, dass ich später komme. Ich wechsle das Rad und komm dann."

Karli beugte sich etwas vor und kniff die Augen zusammen, um besser sehen zu können. „Das sieht ja richtig übel aus."

Franz nickte. „Ja, und ich sag dir, das war wieder dieser Steinert, dieses Umweltarschloch. Erst bricht er, gemeinsam mit seiner bekloppten Ökotruppe, in meinen Schweinestall ein und befreit meine Muttersauen, wie er es genannt hat, weil die angeblich nicht artgerecht gehalten werden. Als ob mir da das Veterinäramt nicht schon längst auf `s Dach gestiegen wäre. Daraufhin musste ich noch Geld in eine Sicherheitsanlage investieren und jetzt schlitzt er mir den Reifen auf. Weißt du was? Meine Geduld mit dem Gesocks ist am Ende. Dem hau ich so paar aufs Maul, das er sich umguckt."

Franz Weidler hatte inzwischen den Wagenheber unter den Wagen platziert und pumpte ihn hoch.

„Mensch, mach keinen Mist, Franz", sagte Karli und sah seinen Nachbarn an. Der war trotz seiner siebenundsechzig Jahre top in Form und hatte durch die jahrelange körperliche Arbeit beeindruckende Muskeln. Auch wenn Achim Steinert über fünfundzwanzig Jahre jünger war, gegen Franz hätte er bei einer körperlichen Auseinandersetzung keine Chance. Franz Weidler brummte nur und machte eine abfällige Geste.

„Willst du Wurzeln schlagen?", fuhr er schließlich Karli an. „Dein Moped verpestet ja hier alles. Mach los und sag Brunni Bescheid."

Dieser nickte und tuckerte den Feldweg weiter, bis er hinter einer Kuppe verschwunden war.

„Auch so ein Weichei", murmelte Franz und hob das defekte Rad herunter. Am besten, er legte es gleich in den Kofferraum, der noch offenstand. Er warf den Schraubenschlüssel neben den Wagenheber und legte das Rad in den Kofferraum, als er plötzlich hinter sich ein Geräusch hörte.

Er fuhr auf, stieß sich mit dem Kopf an der Kofferraumklappe und fluchte. Noch während er Luft holte und seinen Kopf langsam von rechts nach links bewegte, sauste ein Gegenstand auf seinen Schädel und ließ ihn mit dem Oberkörper nach vorn in den Kofferraum fallen.

Zwei behandschuhte Hände hoben seine Beine an, stießen ihm komplett in den Kofferraum hinein und schlossen schließlich die Kofferraumklappe über ihm.